Marcelle Tchitnga

# Integration ist so ne Sache

AF235815

**Impressum:**

© 2022 Marcelle Tchitnga

1. Auflage

Umschlagmotive: Flas100/ aarrows/ Creative Bringer/ Olli Turho/ GreyLilac/ Nook Hok/ Shutterstock.com
Buchsatz: Book Designs
Herstellung und Verlag: BoD – Books on Demand, Norderstedt

ISBN Paperback: 9783755709725

Bibliografische Information der Deutschen Nationalbibliothek: Die Deutsche Nationalbibliothek verzeichnet diese Publikation in der Deutschen Nationalbibliografie; detaillierte bibliografische Daten sind im Internet über http://dnb.d-nb.de abrufbar.

Marcelle Tchitnga

# Integration ist so ne Sache

„Das Anderssein des Anderen als Bereicherung Des eigenen Seins begreifen;
sich verstehen, sich verständigen, miteinander vertraut werden;
Darin liegt die Zukunft der Menschheit"

Rolf Niemann

# Warum ich dieses Buch schreibe?

Einfach weil ich gerne schreibe? Ich schreibe in der Tat gerne und solange ich mich erinnern kann habe ich immer was geschrieben. Oft über mich, aber auch kleine Gedichte, kleine Geschichte, Liebe Geständnisse und so. Ich wollte schon lange dieses Buch schreiben oder zumindest einmal in einer stand up comedy show darüber sprechen. Wie es eben im Leben ist, braucht man manchmal einen richtigen Kick, um die Prokrastination zu beenden. Im Dezember 2018 lief ich zum Gera Hauptbahnhof und ein Junge schrie mich an: „Neger!!!". Ich habe ihm gesagt: „Das Wort passt besser zu dir als zu mir". Hahhahah Er war nicht bereit für die Antwort. Er ist fast ohnmächtig geworden. An dem Tag dachte ich: „Oh man! So viel lustige aber auch bereichernde Geschichte hätte ich zu erzählen". Ich saß in dem Zug und habe angefangen zu schreiben.

In diesem Buch geht es in der ersten Linie einfach darum, das Leben von einer jungen Schwarzafrikanerin, die mit 20 nach Europa zum Studieren geflogen ist, zu erzählen. Es geht darum zu erzählen, wie man sich in bestimmten Situationen fühlt, was einem auf einmal schwerfällt, was man nicht mehr sagen darf, was man auf einmal doch sagen darf, was man alles macht, um sich zu integrieren, was man machen muss, um sein „ICH" nicht zu verlieren, wie man bestimmte Sachen jetzt anders empfindet, Religion, Bi-Kulturalität, Toleranz…und so weiter und so fort. Es soll in einem lustigen, jungen und leichten Ton über die Erfahrungen einer jungen Ausländerin erzählen. In diesem ganzen „Bericht" läuft natürlich meine Geschichte mit.

Ah! Integration ist einfach so ne Sache.

# Integration ist so ne Sache

„Woher kommste denn eigentlich? - So ursprünglich?", werde ich oft gefragt, weil ich ziemlich gut Deutsch spreche, aber wirklich nicht wie eine richtige „Deutschfrau" aussehe. Ich habe einen Schuss Melanin, volle Lippen und Haare, die sich verdammt nochmal net kämmen lassen. Ich heiße Marcelle Tchitnga, komme aus Kamerun und lebe seit 2010 in Deutschland.

Natürlich verstehe ich die Frage ganz genau, es geht um Identität. Deutsche stellen oft und gerne diese Frage. Dabei habe ich beobachten können, dass es zwei verschiedene Arten gibt, diese Frage zu stellen. Genauso gibt es zwei Arten diese Frage aufzufassen, zu fühlen, zu verinnerlichen oder wahrzunehmen.

Die einen stellen die Frage auf eine harmlose Weise, aus purem Interesse, aus Neugier und vermutlich als ein Zeichen, sich dem Gefragten zu öffnen und sich ihm mitzuteilen.

Die anderen stellen diese Frage bereits mit der unterschwelligen Andeutung, dass der Gefragte definitiv kein richtiger „*Deutscher*" ist... und weil er kein reines deutsches Blut oder deutsche Vorfahren hat, darf er ja nicht denken, dass er deutsch sei, oder wagen sich mal „*zu Deutsch*" zu benehmen.

Teils abhängig, teils auch völlig unabhängig von der Art und Weise der Fragestellung gibt es auch zwei Arten, wie „Ausländer" darauf reagieren, entweder die Frage als harmlos oder als Attacke gegen ihre Identität aufzufassen.

Die einen, viele Mischlinge, Ausländer oder Migranten, die seit Jahren schon in Deutschland leben, insbesondere diejenigen, die hier geboren sind und per Definition keine Ausländer sind, fühlen sich verletzt durch diese Frage. Sie sind der Meinung, sie wohnen schon so lange hier und sehen keinen Sinn in dieser Frage, außer sie auszugrenzen.

Die Kinder mit Migrationshintergrund, die hier geboren sind, oder Mischlinge zum Beispiel antworten dann: „Ich komme aus Düsseldorf oder Duisburg, Oldenburg oder Berlin." Leider geben die Fragenden oft nicht nach und bohren weiter: „Ja, aber woher kommst du denn ursprünglich oder wo kommen deine Eltern oder Großeltern her?" Daraufhin folgt nicht selten in einem etwas aggressiveren Ton die Antwort: „Herrgott nochmal, ich bin hier geboren und lebe hier seit 16 Jahren. Ich bin Deutsche und komme aus Duisburg, Alter!"

Andere „*Ausländer*" - und dazu gehöre ich - antworten mit Gelassenheit, Freude und Stolz: „Ich komme aus Kamerun." Warum könnte mich diese Frage stören? Und sollte sie das? Ja, ich komme aus Kamerun, diesem verrückten Land, wo wir zu neunt in ein Taxi steigen. Wo die Straßen überfüllt sind und man immer jemanden zum Quatschen auf der Straße findet. Ich komme aus diesem Land, wo das Essen immer schön gewürzt ist. Für mich ist diese Frage eine Bereicherung. Sie stellt für mich eine Möglichkeit dar, über meine Herkunft zu reden. Oh ja, meine deutschen Freunde, sie wissen, wie gerne ich plaudere.

Ich bin der Meinung INTEGRATION ist mit AKZEPTANZ gleich zu setzen. Die einen können sich nur integrieren, wenn sie sich akzeptiert fühlen. Genau so werden sie nur akzeptiert, wenn sie versuchen, sich ein Minimum in der anderen Kultur zu integrieren. Mit diesem Gedanken im Kopf habe ich es geschafft, mich in Deutschland zu integrieren - weil die Deutschen in meinem Umfeld - sei es an der Uni, bei meinen multiplen Nebenjobs, bei meinen ehrenamtlichen Tätigkeiten, in der Kirche, auf Parties - sich bemüht haben, mein *„Ich"* zu akzeptieren. Somit hatte auch ich meine Freude, ihre *„Kultur"* näher kennen zu lernen, wie zum Beispiel, sich ständig zu beschweren. Ich bin bald die größte Meckerziege meiner Clique. Aber, Spaß bei Seite! Schon von Anfang an habe ich deutsche Arbeitsphilosophie und Disziplin bewundert, und so viel ich konnte, übernommen.

Aber selbst, wenn ich die deutsche Staatsangehörigkeit hätte und eine deutsche Person mich fragen würde, woher ich komme, würde ich immer noch Kamerun sagen. Denn zum einen stimmt das einfach und zum anderen denke ich nicht, dass die Person, die diese Frage stellt, eine Antwort wie: „Ich bin Deutsche..." hören will. Mein Aussehen suggeriert nun mal vielen einen Ausländer-Status.

Deswegen bin ich auch der Meinung, dass selbst Kinder, die hier geboren sind, mit Stolz über ihr „ursprüngliches Herkunftsland" reden sollten. Und das ist die Aufgabe ihrer Eltern, ihnen das beizubringen.

Und das führt mich zu einem weiteren Gedanken. Es gibt Familien, wo die Eltern aus zwei verschiedenen Kulturen stammen, in denen die Kinder nur einseitig kulturell erzogen werden, eine der beiden Kulturen kaum kennen und sich im schlimmsten Fall sogar dafür schämen. Dies kann passieren, wenn die Familien nicht auf ein Gleichgewicht der kulturellen Erziehung aufpassen. Ein Beispiel sind Europäer, die seit 20 Jahren mit Afrikanern verheiratet sind und noch nie einen Fuß in Afrika gesetzt haben. Darunter befinden sich natürlich auch einige Schlaumeier, die ihren Kindern verbieten, ihren Urlaub in Afrika zu verbringen, denn dort gäbe es ihrer Meinung nach Krankheiten und Fliegen.

Selbstverständlich muss ich an dieser Stelle über das Wort „Heimat" reden. Was ist denn Heimat? Für mich ist es ein Ort, wo man Geborgenheit fühlt und das kann überall auf der Welt sein, sogar im eigenen Schlafzimmer. Wenn ich darüber nachdenke, würde ich Düsseldorf als meine Heimat in Deutschland definieren. Ja, mein Leben da war der Hammer. Ich habe mich wohl und geborgen gefühlt. Dank meiner Studienkollegen, der katholischen Hochschulgemeinde (KHG), der Aidshilfe, meinen Mitbewohnern und all den Menschen, die ich dort getroffen habe. Ich komme aus Kamerun und fühle mich in Düsseldorf zu Hause.

Man sagt doch *„Andere Länder – andere Sitten"*, nicht? Dann erzähle ich nun, wie man auf die Frage „Woher kommst du?" in meinem Land antwortet. Mein Land beinhaltet mehr als 200 Ethnien und auch Sprachen. Wichtig hierbei zu erwähnen: das sind alles verschiedene Sprachen und keine Dialekte, bei denen sich die Betonung von Wörtern sowie die Benutzung einzelner Wörter unterscheidet. Als Antwort auf die Frage nach der Herkunft muss der oder die Gefragte die Dörfer seines Vaters und seiner Mutter nennen, selbst wenn er dort nicht aufgewachsen ist. Ich bin insgesamt in vier verschiedenen Städten groß geworden: Yaoundé, Douala, Dschang, Melong2. Aber ich komme aus Bangangté, denn das ist das Dorf von meinem Vater und in meinem Fall auch das von meiner Mutter. In Bangangté war ich höchstens vier- oder fünfmal in meinem Leben; einmal kurz zum Urlaub und meistens aufgrund von Beerdigungen. Dennoch komme ich nach dem ungeschriebenen Gesetz unseres Landes aus Bangangté und meine Muttersprache heißt Medjumba.

Ich kam als ausländische Studentin nach Deutschland im Frühling 2010. Mir war kalt, Freunde! Kalt im wahrsten Sinn des Wortes. Neu und fremd in diesem Land, dessen Sprache ich noch lernen musste. Ob das der Stewardess von Swiss Airlines nicht bewusst war? Die haben ständig mit mir geredet, zwar auf eine nette Weise, doch ich habe nur gelächelt. Das ist eigentlich das internationale Zeichen für „Ich verstehe dich nicht, fremder Mensch. Ich versuche gerade nur höflich zu sein."

Ich wurde am Flughafen Stuttgart von meinem Vater (Überraschung) und seiner Frau empfangen. Es rauschte um mich herum. Leute redeten und ich konnte sie nicht verstehen. Merkten sie alle, dass ich neu bin? Sehe ich dumm aus? Bin ich passend angezogen?

Wir haben auf der Autobahn an einer Tankstelle einen Halt gemacht, denn ich musste auf die Toilette gehen. Meine Begleiter, hier mein Vater und seine Frau, haben mir ein paar Münzen in die Hand gedrückt und mich ganz allein in die Außenwelt geschickt, in den Dschungel, so fühlte sich das an. Aber gut – *I am a well educated woman.* Ich habe ein naturwissenschaftliches Abitur mit den Schwerpunkten Mathe, Physik und Chemie - ich werde auch in diesem Dschungel überleben. Dank der Wegweiser habe ich die Toiletten gefunden, aber Überraschung! Bei mir in Kamerun würde ich höchstens das Geld einem Menschen in die Hand drücken und die Toilette benutzen. Hier standen vor mir Maschinen, Automaten, die mir die Erlaubnis geben sollten, Pipi machen zu dürfen! Das war mein erster Technologie-Kulturschock! Dann dachte ich mir, ehe ich mich hier zum Narren mache, beobachte ich mal diskret, wie die anderen das DING benutzen.

Auf diese Weise lernte ich auch später meine Fahrtickets an den DB-Automaten zu kaufen: den anderen diskret zugucken, verstehen, nachmachen und meistern.

In diesem selben Frühling fing ich mit meinem intensiven Deutschkurs an der Uni Siegen an. Ich erinnere mich, wie ich in den Kursen mit meinen Handschuhen saß... saukaltes Deutschland, dachte ich. An dieser Stelle muss ich mal ein klares Statement abgeben. Deutsch ist eine schwere Sprache. Aber, ich bin eine Streberin, *„eine fleißige Biene"*, eine Kämpfernatur oder eine

„*Ngang School*", wie die Leute aus Dschang sagen würden. Dschang ist nämlich ein Dorf im westlichen Kamerun. Ich gehörte zu den Schülern, die alle Aufgaben in einem Buch erledigten, sogar die, die nicht vom Lehrer aufgegeben wurden.

Somit bestand ich fünf Monate später die Deutsche Sprachprüfung für den Hochschulzugang (DSH) mit der höchsten Stufe, genauer DSH 3. Trotz dieses Erfolgs war der Anfang schwer! Ich erinnere mich an eine Szene im Bus im Siegen, noch in der ersten Woche während des Deutschkurses: Als eingeschriebener Student an der Uni Siegen bekommt man eine Studienbescheinigung und ein Fahrticket. Das zweite war aber nur in Verbindung mit dem ersten gültig.

Ich hatte wie gesagt, gerade mit dem Deutschkurs angefangen. Ich stieg in den Bus und zeigte mein Fahrticket. Daraufhin sagte mir der Busfahrer in einem ziemlich strengen Ton und in einer brutal und stark klingenden Sprache, die ich bisher kaum verstand: „Das ist nicht gültig!" Ich guckte nur verängstigt, stand dumm und stumm da und präsentierte immer wieder mein Fahrticket. Nachdem er es drei- oder viermal wiederholt hat und schließlich bemerkte, dass ich nichts kapierte, ließ er mich - Gott sei Dank - einfach einsteigen.

Ein paar Tagen später lernte ich im Deutschkurs die Wörter *gültig* und *ungültig* und verstand auf einmal die ganze Situation.

Während meiner Zeit in Siegen wohnte ich in einem Studentenwohnheim mit Leuten verschiedener Herkunft zusammen, vor allem Kamerunern. Ja, das hat mir gut getan in dem Sinne, dass ich die Entwurzelung nicht so stark spürte, zwischenzeitlich sogar vergaß. Mit den Kamerunern hatte ich Spaß wie Zuhause. Wir aßen kamerunisch und tanzten zu afrikanischer Musik. Natürlich muss man als Neuankömmling, vor allem als Mädchen, aufpassen, sich nicht zu stark von den Jungs und von Parties ablenken zu lassen. Trotz des ganzen Spaßes verlor ich mein Ziel nicht aus den Augen. Ich wollte ja meine DSH-Prüfung bestehen, und zwar mit der besten Note. Ich nahm mir vor, jeden Tag irgendetwas auf Deutsch im Fernsehen anzuschauen, denn die Kameruner im Wohnheim haben sicherlich untereinander kein Deutsch gesprochen. Die meisten von ihnen waren schon Studenten und mussten daher keine Deutschprüfung mehr schaffen. Jeden Tag habe ich entweder Nachrichten oder Komödien auf Comedy Central geguckt. Das zweite war die einfachere Variante, denn die Ausdrücke und die

Wortwahl bei Sendungen wie „Two and a half Men", „South Park" oder „Family Guy" sind recht einfach, verglichen mit den Nachrichten. Weiterhin hatte ich mir auch vorgenommen, deutsche Bücher zu lesen. Eigentlich lese ich viel. Ich bin eine richtige Leseratte, ich fresse Bücher einfach weg.

Am Anfang meines Aufenthaltes in Deutschland tat ich mich schwer etwas zu lesen. Ich habe mich nicht getraut, weil ich dachte, dass ich es eh nicht verstehen würde - bis auf diesen einen besonderen Tag. Meine deutsche Oma schenkte mir einen kleinen Roman, bestehend aus nur wenigen Seiten und ziemlich einfach geschrieben, jedoch faszinierend. Es ging um die Geschichte eines deutschen Kindes, das durch einen Unfall körperlich und leicht geistig behindert wurde. Deswegen wurde es damals von Hitlers Truppen gesucht. Nachdem seine Familie es satthatte, ihn immer wieder bei der Tante oder dem Onkel zu verstecken, beschloss sie, dass es das Einfachste sei, seine Todesurkunde zu verfassen. Der inzwischen zu einem Mann Herangewachsene existierte also weiter, jedoch ohne irgendwo registriert zu sein – sein Neffe schrieb schließlich dieses Buch.

In dem Wohnheim, in dem ich wohnte, hauste ein junger Mann, der sehr, sehr schmutzig lebte. Sein Zimmer sah wie ein Flohmarkt am Ende des Tages aus. Der Mann hatte eine Freundin, die auch im Wohnheim wohnte. Manchmal habe ich mich gefragt, wie sie nur mit ihm in seinem schmutzigen Bett die ganze Nacht verbringen konnte – Dies als kleine Geschichte am Rande. Zu Beginn des Mietvertrags hatte jeder eine Kaution zu zahlen, die zum Mietende entweder komplett, zum Teil oder gar nicht zurückerstattet wurde, je nachdem, welcher Schaden in dem Zimmer zu reparieren war. Der junge Mann hätte so viel Schaden angerichtet, dass die Hausverwaltung ihm das Zimmer einfach verkauft hat. Seine Kaution war ja Trinkgeld verglichen mit dem, was bei ihm zu reparieren war - so wurde es zumindest im Studentenwohnheim erzählt.

In meiner Zeit in diesem Wohnheim habe ich auch gelernt, dass die Deutschen die größten Spione sind (Spaß). Es gab Waschmaschinen im Keller des Wohnheims. Um die zu benutzen, musste man dafür spezifische Münzen beim Hausmeister kaufen, die es einem erlaubten, einen Waschgang durchzuführen. Diese Münzen wurden in den Automaten geworfen, der daraufhin *KLICK* machte und so die Maschine für einen Durchgang freigab. Unter den Studenten im Wohnheim befanden sich auch Ingenieurs-Studenten, und zwar kluge. Sie haben eine Münze an einen Draht gebunden, wodurch die Münze mehrmals benutzt werden konnte. Nachdem es *KLICK* machte, wurde sie wieder am Draht herausgezogen. Diese am Draht befestigte Münze wurde von vielen benutzt. Irgendwann bemerkte der Hausmeister, dass er kaum noch Münzen verkaufte, aber die Waschmaschinen weiterhin genauso oft benutzt wurden – und das hauptsächlich in der Nacht, denn Diebe operieren ja bekanntlich lieber in der Nacht ☺. Und den Gerüchten zufolge wurde ein „Ingenieur" einmal in der Nacht erwischt! Der Hausmeister wäre in der Nacht zum Waschraum gegangen, um das Ganze wie ein Polizist zu klären – so hieß es. ☺

In dieser Zeit in Siegen lernte ich auch meine Freundin kennen - Yaya, eine hübsche Frau aus Togo. Mit ihr habe ich gesehen, wie sich die afrikanischen Jungs verändert haben, seit sie in Deutschland leben. Zu Hause war es oft so, dass die Jungs zusammen sich finanziell um die Mädels kümmerten, wenn wir in einer Gruppe zum Feiern ausgingen. Selbst, wenn jedes kluge

Mädchen in ihrem Portemonnaie natürlich genug Geld dabeihatte, im Fall aller Fälle. Hier in Deutschland auf einmal verhielten sich die Jungs sehr europäisch - frei nach dem Motto: Jeder kümmert sich um seinen Scheiß. Die einzigen guten Manieren, die die meisten noch behalten haben: Die Jungs haben sich darum gekümmert, dass wir Ladys gut zu Hause ankamen. Mit Yaya hatte ich viel Spaß. Wir verbrachten einfach gerne Zeit miteinander, aßen zusammen, sangen zusammen, tranken gern Bier zusammen. Gegenüber unserem Wohnheim gab es einen Getränkeladen. Mein erstes deutsches Bier, Oettinger, habe ich dort für 9 Cent gekauft. Wir gingen gerne im DD Club tanzen. Das war der Partyraum unseres Wohnheims. Und wenn wir es uns leisten konnten, gingen wir zur „Favorite" oder zum mongolischen Buffet. Das erste ist eine Adresse, die ich jedem, der nach Siegen geht, gebe. Sie machen dort die besten Chicken Fried der Welt - ohne Witz - und das noch für einen recht günstigen Preis.

Ob es Yaya bewusst ist, dass sie mir manchmal das Leben gerettet hat? Denn am Anfang in Deutschland - I was so fucking broke. Ja, ich hatte kaum Geld, mir mal was zu gönnen. Wir teilten uns oft das Essen. Am liebsten aßen wir zusammen *Couscous Sauce Gombo*. Denn überraschenderweise war das ein Gericht, welches in unseren beiden Ländern gegessen wird. Bloß nennen sie es dort *Pate Sauce Gombo*. Ich erinnere mich noch an meine erste Woche in Deutschland: Mein Vater – mit Tränen in den Augen - gab mir 2000 Euro und sagte mir: „Das hier ist alles, was ich dir geben kann, meine Tochter. Versuche damit klarzukommen und danach musst du anfangen, dich zu versorgen." Es gab Zeiten, wo mein Einkauf einfach aus einer Tüte gefrorener Pommes und einer 12er Packung Eiern bestand. Von der 1 kg Packung Pommes konnte ich viermal essen, jedes Mal mit 2 Rühreiern. Das waren Zeiten! Ich sage nur: Jedes Kind mit Migrationshintergrund muss große Ziele im Leben haben. Es muss Ambitionen haben – wozu sonst die ganze Mühe unserer Eltern? Denn afrikanische Eltern, die geben nun mal ALLES, damit ihre Kinder eine gute Ausbildung bekommen und dafür sage ich: Respekt an alle afrikanischen Mütter und Väter! Yaya half mir, meine Bewerbungen für das Winter-Semester 2010 an der Uni per *Uni-assist* zu senden. So startete ich ein Bachelor Studium in Physik an der JLU Gießen. Ich kam in Gießen an und wohnte zuerst in einem Asi-Wohnheim, wo die Kaltmiete monatlich 250 Euro betrug. Da wohnten jede Menge Leute mit Alkohol-Problemen, die sich ständig im Flur beschimpft haben. „Du billiges hässliches Miststück!" sind Ausdrücke, die sie untereinander benutzen. Es stank nach Alkohol im Flur, draußen schneite es, es war finanziell hart... Ich hatte Heimweh und weinte manchmal in meinem Zimmer. Aber hey! Ich war hier, um mein Bachelorstudium zu bestehen, und zwar in drei Jahren. Das war mein Ziel! Ich werde Folgendes nie vergessen: die Einführungswoche an der Uni – eine große Veranstaltung. Der Dekan oder der Rektor, das weiß ich nicht mehr genau, hieß alle Studenten meines Fachbereichs willkommen, sprich: alle Erstsemestler der Physik, Geografie, Mathematik und Informatik. Dieser erste Tag fing erstmal ganz chaotisch für mich an. Aus irgendeinem Grund hatte ich nicht den richtigen Bus nehmen können. Entweder war der Bus zu spät, ich zu spät an der Haltestelle oder er war ausgefallen. Von meinem Asi-Wohnheim zu meinem Vorlesungsfoyer waren es eigentlich 10 Minuten mit dem Bus, zu Fuß jedoch mindestens eine Dreiviertelstunde. Zudem fand diese Einführungsveranstaltung woanders statt und somit noch weiter weg. Oh man!! Ich fing an Auto Stopp zu machen. Natürlich wollte mich zunächst keiner mitnehmen. Vielleicht dachten die Leute, dass ich eine Prostituiere war, die bereits um 7 Uhr mit der Arbeit anfing! Oder vielleicht eine kleine Vergewaltigerin? Glücklicherweise hat dann doch jemand angehalten und mich mitgenommen. Dabei hatte ich auch ein bisschen Angst. Es konnte ja auch ein Vergewaltiger sein. Ich schilderte ihm schnell meine Notsituation. Ich sagte ihm, dass ich kein Geld habe und ihn ausbezahlen könne, wenn wir in der Stadt sind. Er sagte zu mir, dass das nicht infrage käme. Er könne sich so eine Situation ganz gut vorstellen, er habe selbst Kinder, die Studenten sind. Mein „weißer" Retter, dachte ich. Ich komme also in diesem großen Raum in der Uni an. Von draußen schon hörte ich viele Stimmen und Lärm. Aber, das ist zu erwarten. Da drin sind Hunderte von 20-jährigen wissensdurstigen Menschen, die voller Enthusiasmus, Freude und Aufregung mit dem Studium beginnen wollen. Dank dieses Chaos konnte ich mich also unauffällig hineinschleichen. Nun wurde gefragt, wie viele Mathe studieren? Alle, die Mathe studieren wollten, standen auf. Dann ging die Frage an die Informatiker, diese standen ebenfalls auf und dann die Physiker. Ich guckte mich um und merkte: *damm it!* Ich bin die einzige schwarze Person. Dann hob ich nur meinen kleinen Finger und nahm ihn auch gleich wieder runter. Ich glaube kaum, dass in diesem Moment einer von meinen Kommilitonen gemerkt hat, dass ich zu den Physikern gehörte. Nach dem Willkommensgruß ging es darum, dass uns die Tutoren den Weg zu unseren Vorlesungsräumen zu Fuß zeigten. Ich lief ein bisschen am Rande der gesamten Gruppe. Aber lasst euch nicht täuschen: Ich bin nicht schüchtern, nicht im Geringsten. Ich habe nur meine eigene Strategie im Leben. Immer, wenn ich irgendwo bin, wo ich die Leute noch nicht kenne, bleibe ich erst mal ruhig und beobachte, wer ist wer? Mit wem kann ich umgehen. Am Ende dieses Tags ging ich nach Hause zurück in mein Asi-Wohnheim und skypte mit meinem Vater. Ich sagte zu ihm: „Vater, ich bin die einzige schwarze Person da!" Er sagte zu mir: „Und? Habe ich dich dorthin geschickt, um die Schwarzen zu zählen oder zu studieren?"

Na, so war ich halt die einzige Schwarze in meinem Studiengang.

An der Uni, also unter meinen deutschen Kommilitonen, witzelten wir manchmal darüber und mit meinen kamerunischen Freunden verschaffte mir diese Tatsache, dass ich die einzige Schwarze unter den Physikern war, irgendwie manchmal einen gewissen Respekt.

So fing also die Universität bei mir an. Wir waren am Anfang ungefähr vierzig Studenten, darunter vier Mädchen. Die eine hat nach einer Woche die Uni gewechselt und so blieben wir nur noch drei Mädchen: Lulu, Esther und ich. Nach kaum zwei Wochen hatte ich schon meine Lerngruppe gefunden, bestehend aus Esther und Paul, die später auch sehr gute Lebensfreunde für mich wurden. Wir haben unser Motto: „*Nobody can stopp us*" In der Tat schreiben die beiden gerade ihre Doktorarbeiten in theoretischer Physik. *Put a respect on their names*! Um ehrlich zu sein, weiß ich nicht mehr, wie es sich ergeben hat, dass wir zusammen lernten. Ich vermute, ich habe sie vielleicht einfach gefragt.

Apropos Integration: Meine afrikanischen Freunde aus anderen Studiengängen waren sehr überrascht, dass ich nach kaum zwei Wochen schon eine Lerngruppe mit Deutschen hatte. Tja, ich bin halt die Marcelle.

Ich habe mein Studentenleben geliebt. An der Uni hatte ich coole Kommilitonen, die ich oft mit meiner lustigen frechen Art zum Lachen brachte. Mit ihnen war ich oft auf Parties und Geburtstagen, mal in Kneipen, auf Spielabenden, mal zu einem Spaziergang in der Stadt. Manchmal saßen wir einfach im Foyer und haben über alles Mögliche geplaudert. Sie haben mir sowohl bei meiner Integration als auch in meinem Studentenleben geholfen. Allein, dass ich sie oft fragen konnte „Was hat er gesagt?", wenn mir die Leute zu schnell redeten, war eine große Hilfe. Sie haben mir allerdings auch viel Quatsch beigebracht. Zum Beispiel das Lied: „Wo ist die Kokosnuss, wo ist die Kokosnuss, wer hat die Kokosnuss geklaut?" Und ich habe es am Anfang immer „Koskosnuss" ausgesprochen. Besonders an Tagen, an denen ich mich mit meiner Kokosnuss Body Lotion von Balea eingecremt habe, musste ich an dieses Lied denken und lachen.

Ich habe in Gießen auch eine größere Gemeinschaft an Kamerunern kennen gelernt. Darunter waren auch ein paar Freunde, die ich schon von Kamerun kannte. Es war schön. Man hat gemeinsam Parties gefeiert, miteinander gequatscht, kamerunisch gegessen und auch teilweise den gleichen Job gehabt. Das alles machte das Heimweh erträglicher.

Vielleicht habt ihr hier schon gemerkt, dass das „Chillen" mit Afrikaner was anderes ist als mit weißen oder deutschen Freunden. Ich konnte mich in beiden Kreisen sehr gut einleben und liebte es. Besonders schön: Ich musste in Gesellschaft meiner deutschen Freunde mein wahres *Ich* nicht verstellen. Zwar gibt es ein paar Sachen, die man besser mit der einen Gemeinschaft macht und mit der anderen nicht unbedingt machen kann - oder Themen, die ich mit meinen deutschen Freunden zwar besprechen konnte, aber aufgrund der kulturellen Unterschiede sie nicht unbedingt verstanden werden konnten. Und klar gibt es manchmal *Fauxpas*-Situationen - wenn ein deutscher Freund etwas sagt und nicht merkt, dass es einfach nicht passt.

Wie beispielsweise ein junger Mann, der einmal zu mir sagte, als er gehört hatte, dass ich aus Kamerun komme: „Ja, Kamerun war früher unser. „Ihr gehörtet uns. Ihr gehört uns alle." Echt jetzt!? Solche Aussagen erwecken den Anschein, als seien wir Kameruner irgendwelche Objekte, die einem gehören können. Meine Freunde - sowohl die deutschen als auch die nicht deutschen wissen, dass ich oft für solche Menschen eine passende sehr spitze Antwort parat habe. Aber manchmal frage ich mich zuerst, ob es sich lohnt oder nicht. Ist das jetzt der richtige Ort, um so ein Gespräch zu führen? In dem gerade beschrieben Fall: Nein. Das war ein junger Mann, der sich für klug und etwas Besseres hielt. Mit ihm hätte ich mich nicht in Ruhe austauschen können. Dieser Fauxpas blieb also damals unkommentiert.

Solche Situationen habe ich ein paar Mal erlebt. Von einigen werde ich in diesem Buch noch erzählen. Ich bin ziemlich objektiv. So schätze ich mich ein. Ich kann unterscheiden, warum Leute unangebrachte Sachen sagen: weil sie ungebildet sind; weil sie nicht besser wissen, wie sie etwas sagen sollen; weil sie einfach nicht wissen, wie sie mit der anderen Kultur umgehen sollen. All dies ist in meinen Augen nicht sehr schlimm, denn man kann ja auch nicht alles wissen. Allerdings weiß ich auch ganz genau, wenn Leute etwas sagen, um zu verletzen oder erniedrigen. Und das macht einen großen Unterschied. Und wenn mich Menschen mit letzterer Motivation in einem geladenen Zustand erwischen, bringe ich sie - allein mit meinen Wörtern - zurück an ihre Plätze. Denn ich glaube: Kein Mensch auf dieser Erde ist besser als ein anderer nur wegen seines Aussehens (Hautfarbe) oder seines Bankkontos.

Nein. Ein guter Mensch ist für mich jemand mit anständigen moralischen Werten, die ich schätze.

Mittlerweile war ich aus dem Asi-Wohnheim ausgezogen. Mein Kumpel Paul hatte mir mit seinem Auto dabei geholfen. Ich wohnte inzwischen in einem Studentenwohnheim im Unterdorf. Das Leben dort gefiel mir. In meiner WG waren wir acht Studenten verschiedener Herkunft. Das habe ich sehr gemocht. Es galt immer wieder neue Leute aus anderen Horizonten kennen zu lernen. Ich habe Chinesen, Inder, Afghanen, Russen, Kameruner, Tschechen und einige weitere als Nachbarn gehabt. Das hat mir einen Einblick in verschiedene kulinarische Welten und Sitten verschafft. Diese kulturelle Vielfalt hat meinem Wesen wichtige Denkanstöße gebracht. Es gab jedoch auch manchmal Streit zwischen den Mitbewohnern. Manche Studenten waren der Meinung, dass das Essen von anderen unangenehm roch. Dann kamen Sätze wie „Dein Essen stinkt." Solche Kraftausdrücke waren eigentlich nicht nötig, denn es reichte meistens schon, wenn man diejenige Person gebeten hat, die Fenster während des Kochens aufzumachen. Es gab auch Fälle, wo ein Nachbar den Kochtopf von einem anderen einfach weggekippt hat, weil er dachte, das Essen sei verdorben, denn für ihn sah es ja nicht mehr schön aus. Trotz dieser kleinen Vorfälle war es schön in meiner WG. Wir haben uns oft gegenseitig bekocht und zusammen Spielabende gemacht. Wenn einer von uns Geburtstag hatte, bekam er etwas von uns allen. Es wohnte auch eine deutsche Medizinstudentin bei uns. Sie hat uns oft leckere Kuchen gebacken. Bis auf die sehr schmutzige Küche, die trotz aller gemeinsamen Maßnahmen und unseres besten Willens einfach schmutzig blieb, genoss ich das WG-Leben sehr. Die Kamerunerin, die das Zimmer zu meiner Linken bewohnte, habe ich sehr verehrt. Sie war jung und schaffte ihr Studium problemlos. Ich wollte es wie sie schaffen. Unter den Kamerunern fielen mir einige auf, die ihr Studium in der Regelzeit beendeten – ich bewunderte sie sehr. Innerlich wünschte ich mir das auch. Ich war fleißig und kam ziemlich gut voran mit meinem Studium, natürlich immer mit meiner Lernclique an der Seite. Während des Studiums musste ich zudem viel nebenbei jobben. Das gehört oftmals zum Leben afrikanischer Studenten in Deutschland dazu.

Wir (die afrikanischen Studenten) kommen mit Studenten-Visa nach Deutschland. Dieses muss immer wieder verlängert werden. Wieviel Zeit man jedes Mal bekommt, ist abhängig sowohl von der Uni-Leistung als auch von dem Geld auf dem Bankkonto. Sehen diese beide Sachen eher schlecht aus, so bekommt man nur für wenige Monate einen Aufenthaltstitel. Man schickt die Person sozusagen wieder weg/zurück, auf dass sie ihre Angelegenheiten regelt, dann wieder zurückkommt und diesmal mehr oder weniger Monate bekommt als vorher. Am besten hat die Person dann beim nächsten Termin entweder bessere Leistungen vorzuzeigen, sprich mehr Prüfungen belegt, und oder mehr Geld auf dem Konto vorzuweisen. GELD, GELD, GELD! Das ist auch so ne Sache. Von Kamerun aus mussten wir in unseren Bewerbungsunterlagen entweder ein in Deutschland eröffnetes Konto mit mindestens 5000 Euro oder eine Verpflichtungserklärung vorzeigen. Ich hatte eine Verpflichtungserklärung, welche mir mein Onkel unterschrieben hatte. Das heißt, dass er mich finanziell unterstützen werde. In Wirklichkeit bekommt, außer vielleicht Kids aus reichen Familien, niemand Geld von irgendjemandem monatlich überwiesen.

Ist man hier, muss man sich mit Nebenjobs über Wasser halten. Jedenfalls - wenn man sein

Visum verlängern wollte, ist man zu der Ausländerbehörde gegangen und hat ein Formular und eine Liste mit Unterlagen, die zum nächsten Termin mitgebracht werden sollten, abgeholt. Unter den aufgelisteten Unterlagen stand unter anderem: Leistungsübersicht und Kontoauszüge der letzten sechs Monate. Bei diesen Worten lief es den meisten kalt den Rücken runter. Leistungsübersichten waren bei mir nie das Problem gewesen. Was das Geld anging, so habe ich mir ein paar Monate vor meinem Termin in regelmäßigen Abständen Geld überweisen lassen. Freunde haben mir speziell dafür Geld geliehen, hauptsächlich meine deutschen Freunde. Nachdem mein Visum verlängert wurde, habe ich ihnen das Geld wieder zurückgegeben. Dadurch hatte ich nie Probleme mit der Visum-Verlängerung. Ich habe immer wieder zwei Jahre bekommen.

Manchmal habe ich das Gefühl, dass es bei der Ausländerbehörde zwar Regeln gibt, aber die Härte der Behandlung hängt auch etwas von dem Menschen ab, den man an dem Tag dort trifft. Da kommt mir ein Beispiel in den Sinn. Ich war einmal in der Ausländerbehörde, um dieses bereits erwähnte Formularblatt abzuholen und einen Termin zur Visa-Verlängerung zu machen. Ich hatte bereits meine Unterlagen dabei, weil ich das ganze Procedere ja schon kannte. Der Mann, der mich an dem Tag empfing, hat kurz auf meine Unterlagen geschaut und gesagt: „Ich sehe nirgends, dass Sie in den letzten Monaten Geld von ihrem Onkel bekommen haben. Wie leben Sie denn?" Ich habe gesagt: „Ich habe ja Nebenjobs, wie andere ausländischen Studenten halt." Er sagte zu mir: „Sie sind hier zum Studieren und nicht zum Jobben." Ich sagte: „Das tue ich auch." Dann antwortete er: „Wenn Sie zur Verlängerung kommen und mir nicht beweisen, dass Sie monatlich 650 Euro von ihrem Onkel bekommen, dann kriegen Sie Ärger." Daraufhin klappte mein Untererkiefer erstmal nach unten. 650 Euro monatlich! Ich komme derzeit mit 450 Euro monatlich aus und komme damit klar, dachte ich. Na gut! Ich habe daraufhin eine Freundin gebeten, mir das Geld auszuleihen, welches ich mir auf mein Konto monatlich einzahlte. Ich bin ihr sehr dankbar dafür, aber das weiß sie ja auch. An dem Tag, wo ich mein Visum dann verlängern wollte, war ein anderer Mitarbeiter da. Er hat auf meine Uni-Leistungen geschaut, die gut waren. Er hat mir einfach zwei Jahre gegeben, ohne groß über das Geld auf meinem Bankkonto zu sprechen! Ich habe Glück im Leben, dachte ich.

Mein Leben in Gießen ging weiter. Bei meiner ersten Party bei Paul brachte ich alle zum Lachen. Auf der Party unterhielten wir uns darüber, wie die Mathe-Vorlesung bei uns lief und ich so: „Ich habe Probleme mit Integration" Nachdem alle lachten, korrigierten sie mich. Ich meinte natürlich das Integrieren. Ohje! Das war bereits mein erster Fauxpas mit der Integration in Deutschland

Folgendes möchte ich an dieser Stelle verraten: Man kann die Deutsche Sprachprüfung für den Hochschulzugang (DSH) bestehen – gute Note hin oder her. Man lernt, sich richtig auszudrücken oder zumindest sich auf eine Weise auszudrücken, dass man verstanden wird. Und man lernt, das meiste zu verstehen, wenn andere reden – aber nur, wenn diese langsam, ohne Akzent und Hochdeutsch reden. Dann bekommt man einen Zugang in die *Außenwelt.* Der Anfang auf der Uni war schwer. Ob meine Mitstudenten es merkten? Das weiß ich nicht. Am Anfang saß ich sogar mit einem Wörterbuch in den Vorlesungen. Man hat im Deutschkurs ALLES gelernt, alle möglichen grammatikalischen Regeln, vom *Akkusativ* zum *Genetiv* und vieles mehr, NUR nicht den Wortschatz des eigenen Studiengangs. Geschwindigkeit? Spannung? Beschleunigung? *Really?* Warum benutzen die Deutschen nicht das Wort *acceleration*? Meinetwegen mit „Z" oder „K" geschrieben. So viele neue Worte... Aber dennoch war ich sehr froh, eine Naturwissenschaftlerin zu sein. Denn wir würden uns überall auf der Welt verstehen. Physikalische Größen werden international mit denselben Buchstaben bezeichnet, z.B. U, I, R, V, E, usw. Zudem bleibt der Wortschatz das ganze Studium über ziemlich konstant. Also musste ich besonders am Anfang kämpfen, aber dann war die größte Hürde geschafft. Ich erinnere mich bitter an meine Klausur *Experimentelle Physik I*. Obwohl ich das ganze Semester über gute Leistungen erzielt hatte, bin ich in der Prüfung durchgefallen, weil ich ein paar Aufgabenstellungen auf Deutsch nicht verstanden habe. Bei einer der Aufgaben hieß es: „Skizzieren Sie die folgende Funktion" Ich habe „skizzieren" mit „quadrieren" verwechselt. Tolle Wurst!!! Ich habe weinen müssen und erinnere mich, wie mich meine Kommilitonen getröstet haben. Na, was soll's - ist halt Leben. Ich habe nachgeschrieben und mit einer guten Note bestanden. Seit diesem Ereignis durfte ich während der Prüfungen nachfragen.

wenn ich etwas deutsch-technisch nicht richtig verstanden hatte. Danke an alle Tutoren der JLU Gießen.

Ja, ich machte oft und mache manchmal immer noch lustige Sprachfehler. Zum Beispiel habe ich am Anfang im Auto, um mich anzuschnallen, nach meiner „Gurke" anstatt „Gürtel" gefragt. „Handschuh" ist oft „Schuhhand" gewesen. Genauso habe ich „Geldusch" anstatt „Duschgel", „Türkerin" anstatt „Türkin" gesagt. Es gab und gibt immer noch deutsche Ausdrücke, die ich sehr lustig finde. Warum grüßen sich die Leute mit „Mahlzeit"? Und warum klingt ein Wort wie „Krankenwagen" - ein Wort, das mit Lebensrettung verbunden ist, so hart? Stellt euch vor, ihr sprecht kein Deutsch. Ihr befindet euch in einer medizinischen Notsituation und jemand kommt angerannt und sagt: „Do not worry! I will call you a „KRANKENWAGEN" You will be like: „No noo noo, please no. I will be ok."

Meinen ersten Job hatte ich als Aushilfe in dem Drogeriemarkt *Ihr Platz* am Bahnhof Frankfurt. Dieses wurde durch *Rossmann* ersetzt und existiert heutzutage nicht mehr. Damals wohnte ich noch in meinem Asi-Wohnheim. Für gerade einmal 7,20 Euro die Stunde habe ich versucht, dort für drei Monate ein bisschen Geld zu verdienen. Ich war neu und schüchtern: Ich habe nicht viel geredet und wenn, dann vor allem leise. Das nervte die Chefin und sie schrie mich oft an. Das machte mich noch ängstlicher. Wenn ich an der Kasse gearbeitet habe, zählte ich auf Französisch und sagte die Antwort auf Deutsch. Denn bis jetzt kann ich nicht so schnell auf Deutsch rechnen wie auf Französisch. Die Tatsache, dass man die Ziffern einer zweistelligen Zahl umgekehrt wiedergibt, als diese geschrieben werden, finde ich verwirrend. Von meiner Wohnung bis zum Frankfurter Hauptbahnhof brauchte ich für die Fahrt etwas mehr als eine Stunde. Es war anstrengend, da mich die Chefin zwei- bis dreimal die Woche für jeweils vier Stunden einstellte. Es wäre viel günstiger für mich gewesen zwei Mal acht Stunden in der Woche zu arbeiten. Irgendwann war ich mit den Arbeitszeiten nicht mehr zufrieden und die Chefin mit meiner schüchternen Art sowieso nicht. Also kündigte sie mir drei Monate später. Das war ein Weltuntergang für mich. Ich wollte zwar nicht mehr dort arbeiten - aber keinen Nebenjob zu haben? Oh Gott! Ich dachte, ich würde sterben. Ich erinnere mich, meine Familie in Kamerun angerufen zu haben, um mich auszuheulen. Ich habe so viel geweint, dass mich meine kleine Schwester, Carmen trösten musste. Sie sagte die ganze Zeit: „Ne pleure plus, Ar, ça va aller maman, ça va aller." (Weine nicht! Das wird schon wieder!). Ich habe die ganze Nacht durchgeweint, und mich gefragt, wo ich einen neuen Job finden soll und wie ich nun leben soll? Wie sollte ich meine Miete zahlen? Ich rief meinen Onkel an, der mich in Deutschland empfangen hatte, um mich auszuweinen. Überraschenderweise lachte er und fragte mich, warum ich so heule. Dann sagte er zu mir: „Wer hat dir gesagt, dass du diesen Job unbefristet ausüben würdest? So funktioniert es nicht. Die meisten Nebenjobs, die du hier haben wirst, werden befristet sein. Verlierst du einen Job, suchst du den nächsten. Nähere dich den kamerunischen Studenten und frage sie, wo sie momentan jobben." Ja Freunde, das war der Schlüssel. Um zu überleben, musste ich an die richtigen Informationen kommen. Tja, Wissen ist Macht! Auch, wenn Nicht-Wissen kein Weltuntergang sein muss. Ich näherte mich also den kamerunischen Studenten und fragte sie, woher sie ihre momentanen Jobs hatten. Sie empfahlen mir, mich bei der Firma Xanon zu registrieren. Dort waren die meisten von ihnen. Xanon war eine Zeitarbeitsfirma. Diese hatte damals einen Auftrag bei der Firma Stik, die Brezel-Sticks, Laugenbrötchen und Chips herstellte. Frau Urse war die Mitarbeiterin von Xanon, die für uns zuständig war. Sie ging sehr respektvoll mit uns um und wir mochten sie. Ich erinnere mich, wie wir sie manchmal anflehten, dass sie uns Schichten zuteilte. Es gab ja auch harte Zeiten für uns Studenten. Zeiten, in denen die Firma Stik nicht viel Aushilfe brauchte. Frau Urse hatte es sicherlich nicht immer leicht mit uns. Wir Studenten brachten sie oft in unangenehme Situationen. Manchmal meldete sie z.B. vier Studenten bei Stik an, jedoch wurde ihr von Stik mitgeteilt, dass sechs Studenten auf der Arbeit aufgetaucht waren. Studenten, die dringend Geld brauchten, gingen manchmal einfach hin. Obwohl dies den Studenten Ärger einbrachte – sie wurden z.B. für die nächsten Tage nicht eingeplant -, bekamen sie für diesen einen Tag Geld. Und das zählte teilweise mehr als die eventuellen späteren Konsequenzen. Die Zeit bei Stik war zwar hart, vor allem körperlich, aber dennoch sehr schön, da sehr viele kamerunische Studenten dort arbeiteten. Es war also immer lustig untereinander. Die Arbeit dort bestand aus reiner Fließbandarbeit. Wir haben also so lange eine Tätigkeit wiederholt, bis uns gesagt wurde, dass wir untereinander tauschen dürfen.

Im Folgenden eine Geschichte, in der ich mich zum Narren gemacht habe. Um direkt mit der Rechtfertigung anzufangen – ich war noch sehr neu in Deutschland (weniger als zwölf Monate) 😊. Jedenfalls arbeitete ich an einem Morgen ganz normal im Stik, als eine russische kräftige Frau zu mir kam und: „Hallo!" rief. Und ich - unwissend - antwortete: „Guten Morgen" Ich dachte, sie grüßte mich. *Hallo,* wird doch zum Begrüßen benutzt, nicht? Alle um mich haben angefangen zu lachen. Im Nachhinein habe ich gelernt, dass „Hallo!", je nach Betonung auch so etwas wie „Spinnst du?" oder „Pass mal auf!" heißen kann. Wieder etwas gelernt 😊

Ich erinnere mich an viele lustige Sachen im Stik, wie zum Beispiel die russischen Mütter dort, die meinten, wir wären faule Mädchen, weil wir nicht so richtig zupackten wie sie. Manchmal jedoch gingen sie uns mit ihren ständigen „rabota rabota!" auf die Nerven.

Man möge uns verzeihen, aber wir, die studentischen Aushilfen, haben uns gefreut, wenn die Anlagen kaputt gingen, denn es hieß automatisch Pause für uns. Am härtesten empfand ich die Nachtschichten, von 22 bis 6 Uhr morgens. Danach sahen wir wie Geister aus. Ich bin oft leicht eingenickt. Zum Glück waren die Tätigkeiten dort stumpfe Wiederholungen, sodass meine Hände mehr aus Reflex als vom Verstand geleitet arbeiteten. Eine weitere lustige Anekdote, an die ich mich erinnere: Wir hatten eine Umkleidekabine für Männer und eine für Frauen. In der Umkleide gab es Spinde. Die festen Mitarbeiter hatten feste Spinde und die restlichen freien waren für die Aushilfen. Also wir, die Aushilfen, kamen mit unseren Hängeschlössern und wenn wir freie Spinde fanden, durften wir sie benutzen. Es gab nicht immer genug Spinde, manchmal gab es keinen mehr und selten gab es einen für sich allein. Ich hatte daher für meinen Rucksack auch ein Hängeschloss für die Tage, an denen ich keinen Spind bekam. Und meine Wertsachen sowie den Schlüssel meines Hängeschlosses steckte ich wie ne Oma in meinen BH. Ja, das habe ich gemacht ☺. Es gab zwei Pausen für 15 Minuten, in denen wir unser Essen aus der Umkleide holten, um sie im Pausenraum zu verzehren. Einmal wurde einer Aushilfe sein *Poisson Braisé* gestohlen oder weggegessen. Jeder Kameruner weiß, was ein guter *Poisson Braisé* wert ist. So etwas tut halt weh.

Die Arbeit bei der Firma Stik war auch körperlich anstrengend. Ich habe dort einmal einen BH verloren! Ich arbeitete an der Anlage „Parkstation" Es gab drei Tätigkeiten, die wir untereinander jede halbe Stunde wechselten. Ich war gerade für das Aufladen der Palette zuständig und musste also Kartons auf eine Europalette stapeln. Irgendwann war die Palette schon so hoch, dass ich die Kartons erst auf meiner Schulter absetzen musste, ehe ich sie auf die Palette stellen konnte. Irgendwann hörte ich ein *KLACK*. Das war mein BH, der in diesem Moment kaputt gegangen ist. Die Ecke des Kartons hatte sich irgendwie mit meinem BH-Träger verflochten und als ich den Karton hochheben wollte, hat sich vermutlich das Trägerband gespannt und ist zerrissen. Gott sei Dank trugen wir bei der Arbeit Kittel, also konnte keiner was merken. Ja wir trugen auf der Arbeit hässliche Kittel, hässliche Mützen und Mundschutz. Die saßen einfach nicht schön - ich mochte mich nicht im Spiegel anschauen. Wenn ich diese Arbeitskleidung bereits angezogen hatte und ein Junge mir sagte, dass er mich hübsch finden würde, dachte ich nur - so ein Junge mit einem so schlechten Geschmack könnte ich selbst im echten Leben, also außerhalb von Stik, nicht daten ☺. Na ja, ich hatte zum Glück an dem Tag auch einen großen Pulli dabei, sodass auf dem Rückweg im Zug keiner bemerken konnte, dass ich hängende Brüste hatte.

Das erste Mal in meinem Leben während einer Nachtschicht zu arbeiten, war bei Stik. Ich erinnere mich, wie besorgt meine liebe Mutti war. Sie meinte: „Warum denn, Kind? Warum in der Nacht arbeiten? Kannst du das nicht am Tag machen? Wann willst du denn schlafen?" Ich sagte ihr, dass wir als studentische Aushilfen diese Nachtschichten liebten, da wir dafür Zuschläge bekamen und dann nur noch sechs oder sieben, anstatt acht Male arbeiten gehen mussten, um auch noch am Ende des Monats klarzukommen. Meine Mutter sagte zu mir: „Du weißt doch, dass, wenn es wirklich hart ist, du uns, deine Eltern, immer um Geld bitten kannst, ja?" An dieser Stelle muss ich mich einfach bei meinen lieben Eltern bedanken. Ja, wenn es wirklich hart war, wenn ich gerade mal keinen Job hatte oder mich in der Prüfungsphase befand, haben sie mir ein bisschen Geld überwiesen. Das war ein Segen! Manche Studenten müssen, sobald sie hier ankommen, jobben, um neben ihrem eigenen Unterhalt auch noch ihre Familie in Kamerun finanziell zu unterstützen. Dabei kommen sie leider schwerer oder gar nicht mit dem Studium voran und fallen möglicherweise später in eine Depression. Einige versuchen, deutsche Partner zu finden und zügig zu heiraten, um die deutsche Staatsangehörigkeit zu bekommen und somit keine Probleme von der Ausländerbehörde zu bekommen, weil sie Schwierigkeiten mit dem Studium haben. Also ja, ich habe gute Eltern. Sie haben mich immer unterstützt, soweit es ihnen möglich war. Es ist mir immerhin im Laufe meines gesamten Studiums zwei oder dreimal passiert, dass ich meine Studiengebühren nicht bezahlen konnte und kurz vor der Exmatrikulation stand. Dann hat mir Arthur, ein Freund von unserer Familie, den ich auch (liebevoll) meinen deutschen Vater nenne, das Geld dafür gegeben.

Die Arbeit in der Firma Stik war meine erste Erfahrung in Bezug auf Produktionsarbeit in Deutschland. Dort konnte ich beobachten, dass viel mehr Ausländer diese Art von Arbeit leisten als Deutsche. Da waren Russen, Leute aus Polen, ein paar aus Osteuropa und viele afrikanische Studenten als Aushilfe.

Das mit den *Tausenden* von Nebenjobs ist sozusagen das ganz normale Leben von afrikanischen Studenten in Deutschland. Meine deutschen Mitstudenten fanden es verrückt, dass ich manchmal nicht zur Vorlesung ging wegen eines Jobs oder nach einer Nachtschicht gleich danach mit ihnen zusammen in der Vorlesung saß. Wobei Letzteres wenig Sinn ergab. Aus dem gleichen Grund beschloss ich im vierten Semester, nicht mehr zu der Vorlesung Festkörperphysik zu gehen, die nachmittags stattfand. Ich saß da und hatte nur Kopfschmerzen, weil ich an diesen Tagen immer in der Frühschicht, von 6:00 bis 14:30 Uhr, arbeitete. Ich ließ somit einfach das Vorlesungsskript zu Hause und bearbeitete zusammen mit meinen Kommilitonen die wöchentlichen Aufgabenblätter. Ungefähr zwei Wochen vor der Prüfung begann ich, intensiv dafür zu lernen. Mit Fleiß und auch etwas Glück absolvierte ich die mündliche Prüfung mit 10 oder 13 Punkten.

Im Jahr 2012 hatte ich genug Geld angespart, um mir eine Geburtstagsparty zu organisieren, wobei das meiste von dem Geld eigentlich von Arthur, kam. Ich organisierte eine wunderschöne 22. Geburtstagsparty. Wir haben uns sehr amüsiert. Als weiße Freunde waren Paul, seine Freundin und Adrian dabei. Und zum ersten Mal sagte

Paul zu mir: „Es ist seltsam, die einzigen Weißen hier zu sein." Ich antwortete lachend: „So geht es mir doch immer mit euch." Aber ich empfand es nicht wirklich als seltsam, weil sie mich nie ausschlossen. Und genauso sorge ich mich um sie, dass es ihnen in solchen Situationen gut geht.

Während des fünften Semesters sind Paul und Esther für ein Jahr nach Seattle gegangen. Oh, war ich traurig. Ich habe sogar geweint. Ich wusste, dass ich sie vermissen würde. Sie waren meine Lernclique. Mit wem würde ich noch an Samstagen im Bunker der Bibliothek lernen?

Im Sommer 2013 absolvierte ich für zwei Monate ein Praktikum an der GSI Helmholtzzentrum für Schwerionenforschung in Darmstadt. Das Praktikum dort habe ich geliebt. Ich hatte einen sehr sympathischen Tutor, Dr. SCHWARZ. Mit meinen Freunden machte ich darüber Scherze, warum ich wohl ihm zugeteilt wurde. Der internationale Charakter machte dieses Praktikum sehr angenehm. Es waren Spanier, Chinesen, Österreicher, Inder und Menschen vieler weiterer Nationalitäten dabei. Es gab dort einen jungen Mann, mit dem ich mich sehr gut verstanden habe. Wir haben viel miteinander gelacht, bis er diesen verdammten und verletzenden *Fauxpas* machte. Gemeinsam mit allen Praktikanten, ca. 30, gingen wir an einem Abend in eine Kneipe. Es war Hochsommer und Fliegen flogen um uns herum wie um ein Stück verdorbenes Fleisch. Ich benutze meine Untertasse, um mein Glas Bier zu bedeckten. Dann sagte er zu mir: „Hmm, es wundert mich, dass du diese Geste machst." Ich fragte: „Was meinst du?" „Na, dass du dein Getränk vor Fliegen oder Schmutz schützt. Man weiß ja, dass Afrika schmutzig ist. Ich habe auch schon gemerkt, dass du täglich duschst" *Oh really*? Ich war kurzzeitig sprachlos. Aber versucht besonnen sagte ich: „Wie oft warst du schon in Afrika? Selbst, wenn Afrika schmutzig ist, heißt es doch nicht, dass ich in meinem Haus schmutzig bin! Hast du jetzt wirklich gedacht, dass ich mein Bier mit Fliegen trinken würde?" Ich war gereizt, das konnte man an meinem Tonfall hören. Dann wollte er die Situation retten und sagte etwas wie: „Sorry, verstehe es nicht falsch. Ich habe nichts gegen Afrika. Meine Oma war auch schon in Südafrika" *Really*? Wie soll dieser Satz denn in meinen Ohren klingen? Das klingt wie, wenn jemand sagen würde: „Ich habe nichts gegen den Islam, ich esse jeden Freitag einen halal Kebab" An diesem Abend war ich so sauer. Ich rief meinen Vater an.

um es ihm zu erzählen. Aber das reichte mir noch nicht. Ich war immer noch ein bisschen gereizt. Dann rief ich noch zwei weitere Freundinnen an. Nach ein paar Tagen konnte ich wieder cool mit dem Jungen sein. Warum auch nicht? So etwas war mir nicht zum ersten Mal passiert und wird vermutlich auch wieder passieren.

Während des Studiums in Gießen habe ich unter anderem in einem Flüchtlinglager gearbeitet. Dort hatte ich sehr nette Kollegen. Russische Damen, die sehr mütterlich mit einem umgingen. Ich war in der Küche tätig. Dort habe ich zum ersten Mal gesehen, wieviel Essen in Deutschland weggeschmissen wird. *Mon Dieu!* Gefühlt Tonnen über Tonnen von Essen wurden täglich in den Müll geworfen. Die Flüchtlinge bekamen täglich eine bestimmte Portion an Frühstück, Mittagessen und ein „Lunchpaket" als Abendessen. Warum auch immer die dafür erforderliche Menge so falsch kalkuliert wurde, kann ich nicht sagen. Es war leider so, dass wir nach der Essenausgabe oft Essen übrig hatten, welches wir wegschütten mussten. Die Töpfe, waren manchmal so schwer, dass wir sie zu zweit tragen mussten. Heimlich, aber mit der Erlaubnis unserer Küchenchefin durften wir uns manchmal ein bisschen von den Resten einpacken. Das war nett von ihr, denn so konnte ich gleich etwas für mein eigenes Abendessen zur Seite legen.

Jetzt gerade, während ich über diesen Job schreibe, reflektiere ich mich selber, wie ich mit Essen umgehe. Ich habe mich selbst in dieser Hinsicht deutlich verbessert, jedoch bin ich der Meinung, dass ich mich weiter verbessern sollte. Ich schmeiße manchmal unnötigerweise Essen weg, weil ich zum Beispiel einfach vergessen habe, das Essen rechtzeitig in den Kühlschrank zu stellen, bevor es verdirbt. Ich schüttete oft Milch oder Milchprodukte weg, die vermutlich gerade noch gut waren, weil ich eine große Phobie hatte, etwas Verdorbenes zu trinken. Für diese Macke habe ich aber eine Erklärung. Ich hatte aus Versehen einmal verdorbene Milch getrunken. Das war so eklig! Diese Erfahrung hatte sich in meinem Gedächtnis so stark eingebrannt, dass ich ständig Angst hatte, es wieder zu erleben. Gott sei Dank hat sich das inzwischen gelegt. Zusätzlich habe ich noch ein weiteres Problem in Deutschland, und zwar beim Einkaufen. Es ist nicht immer einfach, etwas in der gewünschten Menge zu kaufen. Ich nehme mal das Beispiel von Eiern. Im Supermarkt gibt es 12er, 10er oder 6er Packungen. Als Studentin habe ich natürlich die 12er Packung für 99 Cent gekauft, weil es sogar günstiger als eine 6er Packung war. Kann das gesund sein, 12 Eier für nur 99 Cent zu kaufen? Aber gut, das ist hier nicht das Thema. Ich esse zwar sehr gerne Eier, aber doch nicht ganz so viele. Manchmal konsumierte ich nur 2 Eier von der Packung und der Rest blieb noch eine gefühlte Ewigkeit stehen, bis ich ihn entsorgte. Manche sagen, dass die restlichen Eier für Kuchen benutzt werden können. Vielleicht möchte ich ja gerade keinen Kuchen backen? Der nächste Vorschlag war: „Marcelle, mache dir einen Eiersalat." Großartige Idee, aber seitdem habe ich eine Dose Senf in meinem Kühlschrank, die ich tatsächlich nur einmal benutzt habe. Die Katze beißt sich hier in den Schwanz. Warum kann ich nicht einfach 2 einzelne Eier kaufen? Bestimmt kann man solche kleinen Mengen in Bioläden oder *Unverpackt*-Läden finden. Das habe ich schließlich mit der Zeit auch gelernt.

Während meiner Studienzeit in Gießen habe ich am Frankfurter Fußballstadion gearbeitet. Diese Arbeit war cool. Zum einen, weil dort viele Kameruner arbeiteten. Das hieß immer Spaß im

Zug auf den Hin- und Rückfahrten. Zum anderen haben wir dort mehr als 8 Euro die Stunde verdient. Des Weiteren hatte man das Gefühl, Teil von etwas Großem zu sein. Sicherlich kennt ihr die Stimmung in einem Fußballstadion oder könnt es euch vorstellen. Außerdem durften wir in unseren Pausen teilweise das Spiel auf den Bildschirmen verfolgen. Ich habe am Stadion Bier gezapft. Es machte mir Spaß, „Dreckiges" (Cola-Bier) oder Ähnliches zu servieren, während die Fans „Eintracht Frankfurt" schrien. Manchmal bei Schichtende durften wir die unverkaufte Wurst essen. Das hat geschmeckt! Wenn man in Deutschland im Fußballstadion unter Bier trinkenden deutschen Männern und Frauen arbeitet, erlebt man interessante Dinge. Die Fans benutzten manchmal Worte oder Ausdrücke, die man sonst selten in den Mund nehmen würde. Wie beispielsweise einmal dieser Vater, der mit seinem etwa fünfjährigen Sohn an unserem Kiosk stand und zu ihm sagte: „Wir sind Männer mit dicken Eiern, richtig?" Und das Kind erwiderte: „Ja, wir haben dicke Eier!" Und wieder einmal in Deutschland dachte ich mir: *„Really?"* Diese Arbeit machte mir durchaus Spaß, aber weniger an den Wintertagen, wo ich meine Finger nicht mehr fühlen konnte und doch das Bier weiter bis 1 Uhr nachts zapfen musste. Außerdem die Male, wo wir am Frankfurter Bahnhof übernachten mussten, weil wir so spät gearbeitet hatten, dass keine Züge mehr nach Gießen fuhren. Diese Zeit brachte mir etwas bei: Es gibt einen Unterschied zwischen einem Neben- oder Studentenjob und der Arbeit, die man später nach seinem Studium oder seiner Ausbildung ausüben wird. Das zweite wird man höchstwahrscheinlich – hoffentlich - mit viel Liebe, Freude und Leidenschaft ausüben, während Ersteres meist eine Frage des Überlebens war. Es gab Zeiten, wo ich die Fritteuse mit erstickendem Geruch nicht mehr riechen konnte. Der starke Geruch von frittiertem Öl! Es gab Tage, wo ich kurz auf die Toilette ging – einfach nur, um dem Geruch hinterm Kiosk kurzfristig zu entkommen. *I felt like I just needed some minutes break.*

In den Sommersemesterferien 2011 arbeitete ich bei Amazon in Bad Hersfeld. Diese Arbeit gefiel mir ebenfalls. Ich erinnere mich: Es war Sommer, es war heiß und wir Mädels sahen in unseren kurzen Shorts heiß aus! Die Arbeit war cool und abwechslungsreich. Die Zeitarbeitsfirma, die uns eingestellt hatte, zahlte uns auch unsere Unterkünfte dort und ein Bus brachte uns zur Arbeit und wieder zurück in die Unterkunft. Wir verdienten 9,50 Euro die Stunde. Das war gutes Geld. Für diesen Sommerjob hatte ich mein Physik-Praktikum geopfert. So musste ich im dritten Semester dafür 2 Praktika absolvieren, den Teil 1 und den Teil 3. Es war intensiv, aber es hat geklappt. Während der Zeit bei Amazon ist uns ein Unglück passiert. Zwei Kameruner, die auch als Aushilfe bei Amazon eingestellt waren, sind in dem See neben unseren Unterkünften ertrunken. Zwei junge Männer voller Energie, die gerade mit ihren Studien angefangen hatten! *Oh, mon Dieu*! Das war traurig und schwer zu ertragen. Man stelle sich nur vor, wie ihre Eltern in Kamerun diese Nachricht aufgenommen haben mussten – das eigene Kind gestorben, Tausende Kilometer weit weg. Keine Eltern verdienen so etwas Schreckliches. Ja, auch solche und andere Sterbefälle gehörten zu meinem Leben im Deutschland. Kameruner, die starben oder ihre Angehörigen in Kamerun verloren. Die einzige Konstante in diesem ganzen traurigen Chaos war die Solidarität in der kamerunischen Gemeinschaft. Kameruner sind sehr solidarisch miteinander. Wenn ein Kameruner in Deutschland stirbt, legen anderen

Kameruner der *Community* Geld zusammen, um seine Leiche zurück in unsere Heimat zu schicken. Jedes Mal, wenn einer von uns ein Elternteil verlor, weinte ich zu 50% aus Trauer um das verlorene Elternteil und zu 50% aus Angst, mir könne etwas Ähnliches widerfahren. Ich dachte: Was wird aus mir, wenn mein Vater oder meine Mutter stirbt? Hier in Deutschland, tausende Kilometer weg von unseren Familien erlebten wir einiges. Es gab auch Kameruner, die geistig krank geworden sind. Was diesen Punkt betrifft, so kann ich nicht genug betonen, wie wichtig Familie oder zumindest fester sozialer Kontakt im Leben ist. Besonders für uns Migranten. Man braucht einfach diesen Rückhalt, die Möglichkeit, mit seinesgleichen oder festen Freunden zu reden, wenn es hier den Bach runter läuft. Manche haben diese Möglichkeiten nicht und es ist einfach zu viel! Zuviel zu ertragen – und man wird geistig instabil.

Ein anderer Nebenjob bestand darin, an der Uni das Physik-Tutorium für Medizin-Studenten im 1. Semester zu halten sowie Praktika für Physik-Studenten zwischen dem 1. und dem 3. Semester zu betreuen. Ich mochte diesen Job im Großen und Ganzen. Allerdings konnte ich nicht gut damit umgehen, wenn Medizin-Studenten im Kolloquium wegen eines Punktes heulten, den sie unbedingt brauchten, um für die Klausur zugelassen zu werden.

Als Esther und Paul nach Seattle gegangen sind, habe ich angefangen mit Samuel zu lernen, der ebenfalls ein guter Freund ist. Wir verstanden uns gut und schrieben später beide unsere Bachelorarbeiten in derselben Forschungsgruppe. Über die Zeit meiner Bachelorarbeit will ich gar nicht lange reden. Ich hatte Schwierigkeiten, mit der Art und Weise meines Betreuers klarzukommen. So rate ich Leuten nach dieser Erfahrung immer, sich bei der Wahl ihrer Arbeitsgruppen für Abschlussarbeiten im Voraus bei anderen Studenten über die Betreuer zu erkundigen.

Nach meinem Bachelorabschluss setzte ich mich noch ein Semester in das Masterstudium Physik, merkte jedoch, dass ich das gar nicht mehr wollte. Ich war müde, erschöpft sogar. Die Bachelorarbeitszeit war anstrengend gewesen, die Vorlesungen in Master Physik schwer. Ich brauchte etwas Neues, eine Erfrischung. So beschloss ich nach Düsseldorf zu ziehen und doch den Master in Medizinphysik, den ich mir lange schon erträumt hatte, anzufangen. An dieser Stelle möchte ich über meinen Traumberuf reden. Seit ich ein kleines Mädchen war, wollte ich eine Ärztin werden – unbedingt! In Kamerun hatte ich den Wettbewerb, um einen Platz in einer unserer besten Medizin-Universitäten, nicht gewonnen. Mein Traum schien für immer geplatzt zu sein. Für mein Studium in Deutschland hatte ich mich für Physik beworben. Zum einen, weil ich der Meinung bin, dass Physik die am meisten interdisziplinäre Naturwissenschaft ist. Wenn man Physik studiert hat, kann man sich später in vielen verschiedenen Bereichen spezialisieren. Zum anderen hatte ich ein Abitur mit den Schwerpunkten Physik, Mathe und Chemie absolviert und daher war ich zuversichtlich, dass ich ein Physik-Studium schaffen könnte. Nach meinem Bachelor in der reinen Physik beschloss ich also, einen Master in medizinischer Physik anzufangen und auf diese Weise meine Fähigkeiten (Physik) mit meinem Traum (Medizin) zu kombinieren. Ich bin heute immer noch glücklich diese Wahl getroffen zu haben.

In meinen drei ersten Jahren in Deutschland habe ich gemerkt, wie in bestimmten Aspekten des Lebens „unsere" Erziehung (afrikanische Erziehung) sich von jener deutschen unterschied.

Hier in Europa hat das System den Kindern aus unserer Betrachtung (afrikanische Studenten) deutlich mehr Macht gegeben als wir es kennen. Bitte nicht falsch verstehen - ich meine es in dem Sinne, dass Eltern ihre Autorität oftmals nicht wirklich ausüben. Dabei möchte ich an dieser Stelle noch gar nicht bewerten, ob Autorität gut oder nicht gut ist.

Bei afrikanischen Eltern ist die Grenze zwischen Unhöflichkeit und Höflichkeit sehr schnell überschritten.

Ich erinnere mich an ein etwa sechs Jahre altes Mädchen, welches von ihrer Oma gefragt wurde: „Willst du mir bitte dein Hausaufgabenheft zeigen?" Das Mädchen hat „Nein, will ich nicht." gesagt. Und das Thema war erledigt. Das war also eine ganz normale Antwort in dem Leben eines ganz normalen deutschen Kindes. Bei mir würde ein Kind so etwas nicht sagen können. Denn deine Oma ist einfach eine Respektperson für dich. Aber vor allem hieße es bei mir: „Bringe mir bitte dein Hausaufgabenheft."

Ich habe hier Kinder im Einkaufszentrum oder in der Bahn ihre Eltern anschreien hören! Allein das! Die Stimme zu erhöhen, wenn man mit seinen Eltern spricht. „Du nervst mich!", „Geh raus

aus meinem Zimmer!" Wenn du so etwas bei afrikanischen Eltern sagen würdest, würden wir am nächsten Tag zu deiner „Beerdigung" gehen ☺. Das ist natürlich übertrieben beschrieben; Ja, afrikanische Eltern schlagen nicht gehorsamen Kindern auf den Po oder auf die Hand. Jedoch lachen wir jetzt, wo wir erwachsen sind, darüber und haben nicht das Gefühl, misshandelt worden zu sein. Bitte auch hier nicht falsch verstehen. Es gibt natürlich auch in unserer Heimat Erwachsene, die Kinder misshandeln.

Hier dürfen Teenager ihren Freund oder ihre Freundin bei sich übernachten lassen. Sie können einfach Sex in dem Raum daneben haben, während die Eltern frühstücken. Sie dürfen sich ungeniert vor ihren Eltern küssen. Kein Schamgefühl. So etwas geht in meinem Kulturkreis nicht.

In Afrika ist das Thema Sex leider noch tabu. Die Leute reden nicht so offen darüber wie hier. Was natürlich zu Katastrophen wie unerwünschten Schwangerschaften bei Teenies oder Infektionen mit sexuell übertragbaren Krankheiten führt. Mein Vater war da eine Ausnahme. Ja, er kümmerte sich um unsere sexuelle Erziehung und sagte uns nicht nur „kein Sex!" oder „Weg von den Jungen!" Er hat mit uns über Verhütung gesprochen. Dennoch hatte mein Vater stets ein Auge auf alle Jungs, die mit uns befreundet waren, selbst bei denen, die uns nur angelächelt haben. Ich erinnere mich, wie ich ihm einmal mit 14 Jahren von einem Jungen erzählen wollte, den ich mochte. Er hat einfach gesagt: „Solche Sachen sind nichts für Mädchen deines Alters!" Punkt, fertig, Schluss, Thema abgehakt. Ich habe erst mit 17 einen Freund gehabt. Er durfte zu uns nach Hause kommen, ich zu ihm gehen, aber nicht beieinander übernachten.

Was Jungs angeht, hatte mein Vatter ein gewisses Blamage-Potential. Vor allem dann, wenn er uns aus Parties herausgeholt hat. Mon Dieu! Wie blamierend, wie er einfach auf Parties auftauchte und nach uns schrie. Manchmal dachte ich, die Leute werden uns nie wieder auf ihre Parties einladen, aber irgendwie war das nicht der Fall. Ich war mit 15 Jahren einmal auf einer Party bei unseren Nachbarn. Mit Nachbarn meine ich das Haus, das an unseres gebaut war. Also befand ich mich quasi 20 Meter von unserem Wohnzimmer entfernt. Die Eltern von unseren Nachbarn waren nicht zu Hause und aus diesem Anlass wurde gleich eine Party geschmissen. Ich dachte jedenfalls, dass ich dort Ruhe von meinen Eltern haben würde, da ich nicht weit weg von Zuhause war. Ich habe mich auf der Party entspannt und mit einem Jungen „*Zouk*" getanzt – eine bei uns beliebte Musikrichtung. Dementsprechend waren unsere Körper relativ nah beieinander. Es war schön! Bis zu diesem Moment, wo ich „Ketchieumen" hörte. Das war die Stimme meines Vaters. PEINLICH HOCH 10. Ihr müsst wissen: Wenn Eltern bei uns ihr Kind mit ihren Nachnamen rufen, bedeutet das, mächtig Ärger! Ich wurde aus der Party rausgezerrt und habe zwei Tage nicht mit meinem Vater geredet.

Als einen meiner größten Kulturschocks in Deutschland empfand ich die Art, wie Deutsche einem gerne persönliche Fragen stellen, die Antworten weitererzählen und genauso auch alles über sich erzählen. Als ich ganz neu in Deutschland war, kam ich wirklich nicht damit klar. An der Uni fragten Kommilitonen zum Beispiel: „Warst du bei deinem Freund am Wochenende?", „Gehst du zu ihm diese Woche?", „Wie oft kommt er zu dir?". Ich habe am Anfang aggressiv reagiert. Für mich haben sich die Fragen grenzwertig angehört, sodass ich antwortete: „Was willst du mit den ganzen Fragen? Bist du von der Polizei?", „Willst du mich heiraten?", „Willst du für mich Werbung machen? Schreibst du etwa meinen Lebenslauf"? Und sie reagierten dann genervt: „Alter, das ist ja nur aus reinem Interesse." Das war für mich schwer nachzuvollziehen. Bei mir in der Heimat quatscht man viel miteinander, wir lachen miteinander, jeder redet mit jedem, aber nicht so direkt über sein Privates. Dafür muss man wirklich befreundet sein. Aber ich habe mich ja integriert und gelernt, dass die Deutschen nun mal so sind. Sie erzählen selbst alles über sich, z. B was sie am Wochenende gemacht haben, welche Kommentare die Schwiegereltern von sich gegeben haben, ob sie geduscht haben. Was mich auch hier wunderte, war das Weitererzählen unnötiger Themen. Aus einem bestimmten Grund, in einer bestimmten Situation, erzählt man jemanden etwas. Kommt man am nächsten Tag wieder, wissen es alle.

Ich habe jedoch gelernt, wie ich mich anstellen muss, damit der Fragende weiß, dass nun mit dem Verhör Schluss ist.

Wenn ich ehrlich bin, ist mir jedoch eine deutsche Person lieber, die zu viel Privates fragt, als eine Kamerunische.

Wenn unter Kamerunern einer zu viele private Fragen stellt, gehen bei der gefragten Person oft die Alarmglocken an.

Man hat Angst, Neid auf sich zu ziehen; man hat Angst, dass die Misserfolge in der Community erzählt werden und schließlich ist man in einem fremden Land und weiß nicht, wem man ganz trauen kann…

Im Jahr 2014 zog ich schließlich nach Düsseldorf. Diese neue große Stadt, in der ich niemanden kannte. Ich habe diese Stadt von Anfang an geliebt. Sehr laut, sehr multikulturell, sehr warm von den sozialen Aspekten her. Sehr passend für Studenten. Für meinen Umzug hatte ich mir einen Minibus ausgeliehen. Die Uni Gießen bot *StudiBusse* den Studenten für solche Situationen zum Ausleihen an. Bei der Reise hatten mir Alain und der kleine Bruder eines damaligen Gymnasiasten-Freundes geholfen. In Düsseldorf angekommen, schlief ich einen Monat lang bei einer Kamerunerin namens Christie, einer Freundin von Dani. Dani ist eine gemeinsame Freundin von uns beide. Sie hatte Christie gebeten, mich für den Anfang in Düsseldorf in ihrem kaum 12 m² großen Studentenzimmer aufzunehmen. Wir waren am Anfang beide skeptisch. Außer bei meinem Onkel, bei dem ich während des ersten Monats in Deutschland übernachtet hatte, hatte ich bis jetzt in Deutschland noch nicht mit jemandem zusammengewohnt. Dennoch ist es sehr typisch unter Kamerunern, sich hier in Deutschland für Sommer-Jobs mit anderen Kamerunern, die in derselben Region jobben, eine Bleibe zu teilen, um somit Geld zu sparen. Ich jedoch hatte so eine Erfahrung noch nicht gemacht.

Es hat sich aber ergeben, dass Christie und ich uns sehr gut verstanden. Wir unternahmen oft etwas zusammen, erzählten uns Geschichten, kochten gemeinsam und gingen zusammen zur Kirche. Als ich mit Christie zusammen wohnte, gab es einmal einen Vorfall auf unserer Etage im Wohnheim. Wir kochten *riz Sauce d'arrachide mit mbounga* (*poisson fumé*), was ins Deutsche übersetzt *Reis mit Erdnusssauce und getrocknetem Fisch* heißt. Ich hatte aus Versehen in einer Tüte, von der ich dachte, sie sei leer, einen von unseren getrockneten Fischen in der Küche vergessen. In null Komma nichts stand in der Facebook-Gruppe des Wohnheims, dass Ausländer die Deutschen mit einer Lebensmittelvergiftung umbringen wollen. Wie im Leben können sie nur mit *totem* Fisch kochen, fragte sich der Autor, ein deutscher Junge, in diesem Post. Er meinte, er würde nie mehr in seinem Leben Fisch essen können, denn der Anblick unseres „toten" Fisches hätte ihn so sehr geekelt. Ich war natürlich ein bisschen sauer und fühlte mich angegriffen, aber wie mussten wir lachen über die Art, wie er getrockneten Fisch als *toten Fisch* bezeichnete. Essen die Deutschen etwa lebenden Fisch??

Nach 30 Nächten, in denen ich auf einer Matratze auf dem Boden bei Christie geschlafen hatte, bekam ich endlich auch ein Zimmer in diesem Wohnheim. Obwohl ich mich über mein eigenes Zimmer freute, fiel mir die Trennung von ihr schwer.

Wir hatten uns aneinander gewöhnt und ich erinnere mich, dass am ersten Tag nach der Trennung, Christie mich abends anrief und mich fragte, ob ich doch nicht noch einmal bei ihr übernachten wolle. Es gab danach noch einige weitere lustige Vorfälle, vor allem am Anfang beim Angeben meiner Adresse. Oft habe ich ihre Zimmernummer angegeben.

Mein Studentenzimmer in Düsseldorf war das schönste Zimmer, das ich bis zu diesem Zeitpunkt in Deutschland bewohnt hatte. Es war 21 m2 groß, ich hatte einen Kühlschrank für mich und zwei Herdplatten. Außerdem eine kleine Ecke, um die Zähne zu putzen, ein paar Möbel und ein Single-Bett. Ich kaufte mir einen kleinen

Teppich bei IKEA. Auf eBay Kleinanzeigen kaufte ich mir noch einen Wasserkocher, einen Toaster, einen kleinen Fernseher, einen Spiegel und ein Sofa. Den Fernseher holte ich bei einem Asiaten auf der Kölner Landstraße. An dem Tag war ich mit einer deutschen Freundin unterwegs und es war sehr lustig, denn der Asiate konnte kein Wort Deutsch reden. Wir klingelten, er drückte den automatischen Türöffner, was wir am Geräusch hören konnten, jedoch ging die Tür nicht auf. Als er seinen Kopf aus dem Fenster streckte, versuchten wir ihm sowohl mit Worten als auch mit Gesten zu erklären, dass die Tür nicht aufgegangen war. Er jedoch lächelte die ganze Zeit nur und nickte. Da sind wir ja wieder bei dem internationalen Zeichen für „Ich verstehe dich nicht, fremder Mensch, aber ich versuche, höflich zu sein." Irgendwann brachte er uns schließlich den Fernseher runter.

Wie ich mein Sofa auf eBay Kleinanzeige geholt habe, ist eine weitere lustige Geschichte. Es war ein kleines Bettsofa und gehörte einem jungen deutschen Mann, der von Düsseldorf wegziehen wollte. Damals dachte ich: „Weg von Düsseldorf? Wohin denn dann? Hier in Düsseldorf ist es angenehm zu leben." Jedenfalls habe ich dieses Sofa mit meinem Nachbarn durch die halbe Stadt getragen. Mein Gott, wie peinlich ein Leben ohne Geld ist. Die Leute auf der Straße haben uns angeschaut, als seien wir Verrückte, die noch nie von Umzugsfirmen gehört haben. Dieses Abenteuer hat uns ungefähr eine Stunde gekostet, denn wir mussten ja auch ständig Pause machen.

Ich habe mein Leben in Düsseldorf geliebt. Die Uni empfand ich am Anfang etwas überfordernd in Bezug auf das Organisatorische, denn an der Düsseldorfer Uni konnte man viele verschiedene Fächer wählen. Man musste entscheiden, was man belegen wollte, und sich für jedes Fach separat anmelden. Das war ein bisschen stressig, denn ich war von meinem alten Unileben sowas nicht gewöhnt. Wir Physikstudenten hatten an der Justus-Liebig-Universität Düsseldorf alle zu 90% dieselbe Ausbildung. Aber selbst in diesem neuen Dschungel würde ich irgendwie klarkommen. Die Uni Düsseldorf besteht aus schönen großen Gebäuden. Die Bibliothek habe ich gemocht. Es gab mehrere Bibliotheken dort, in denen ich gerne gelernt habe. Dadurch, dass sich jeder irgendwie seinen Stundenplan zurechtlegen konnte bzw. entscheiden konnte, zu welcher Zeit des Studiums er welche Veranstaltungen hören wollte, befand man sich oft in einer Vorlesung mit Studenten aus verschiedenen Semestern. Auch das war neu für mich. Ich war also in meinem ersten Master-Semester, kam von der Physik und nicht der Medizinphysik und noch dazu von einer anderen Uni. Die meisten anderen Studenten kannten sich schon untereinander. Also blieb mir nur eins übrig: beobachten und überlegen, mit wem ich lernen könnte. Kaum zwei Wochen später hatte ich zwei Kommilitonen gefragt, ob wir zusammen ein Praktikum machen könnten. Sie haben bejaht. Meine Studienkollegen waren nette sympathische Leute, mit denen ich mich gut verstand. Für die Klausuren habe ich mal mit dem einen, mal mit dem anderen gelernt. Ich liebte die Solidarität, die in unserem Studiengang herrschte. Wir haben Lösungen von Aufgaben untereinander getauscht. Meine ersten Semester verliefen reibungslos. Meine Prüfungen hatte ich alle bestanden. Ich hatte in Düsseldorf langsam neue Kontakte geknüpft. Leute u. a. aus Simbabwe, Nigeria, Kenia, Kamerun, Marokko, Benin, Indien, Sri Lanka. Das ist auch das Schöne an Düsseldorf. Ich habe noch nie eine so kosmopolitische Stadt gesehen wie Düsseldorf. Man hat das Gefühl, dass sich die ganze Welt dort trifft.

Irgendwann im Laufe meines ersten Semesters traf ich auf dem Campus einen großen Jungen und ein schlankes lächelndes Mädchen. Warum auch immer, wir sind ins Gespräch gekommen. Sie erzählten mir, dass sie gerade ihr Bachelorstudium in Physik an der Uni Wuppertal abgeschlossen hatten und wollten mal kurz einen Blick in die Vorlesungen des Masterstudiengangs Medizinische Physik werfen. Wir haben uns danach ohne Kontaktdatenaustausch getrennt. In der ersten Woche meines zweiten Semesters bzw. ihres ersten Semesters trafen wir uns zufälligerweise im Foyer wieder. Bei ihnen war außerdem ein junges, hübsches deutsches Mädchen, aussehend wie ein Tomboy, Nora. Nora, und ich, das war Freundschaft auf den ersten Blick. Wir fingen gleich an, zusammen zu lernen, oft zu zweit und manchmal zusammen mit Jasper, Tata, Arif und Pia Selbst meine Lerngruppe war Multikulti! Wir bekochten uns und verbringen heute noch gerne Zeit miteinander.

Mit Nora habe ich mich sehr gut verstanden. Wir hatten lange Gespräche über Ausländer, Flüchtlinge, Naturwissenschaft, Kinder, Gott,

Homosexualität, Studium, Beruf, Rechtsradikale oder einfach darüber, wie die Welt funktioniert. Selbst wenn wir nicht immer derselben Meinung waren, empfand ich die Gespräche und die Diskussionen mit ihr als Bereicherung. Bis zum jetzigen Zeitpunkt unterstützen wir uns beruflich gegenseitig. Wenn ich etwas mal nicht weiß, kann ich sie anrufen und wir reden darüber. Und das beruht auf Gegenseitigkeit. Im Studium schwärmten wir davon, wie schön es wäre, zusammen in einer Praxis zu arbeiten.

Ich habe in Düsseldorf auch viele verschiedene Jobs nebenbei ausgeübt. Mein Lieblingsjob in Düsseldorf war die Arbeit als Aushilfe bei *Galeria Kaufhof.* Am Anfang war ich in der Herren-Abteilung eingeteilt. Das war nicht so cool. Den ganzen Tag Männerhemden falten, gefiel mir nicht so sehr. Ich meine, selbst meine eigenen Kleidungsstücke sehen im Schrank nicht perfekt gefaltet aus. Danach war ich kurz in der Männerunterwäsche-Abteilung. Eigentlich ok, bis auf kleinere bizarre Vorfälle. Einmal brauchte ein Kunde eine Beratung. Wie es sich gehört, habe ich ihn gefragt, was er suche oder wie ich ihm behilflich sein könne. Der Mann hat mich gefragt: „Haben Sie hier was für kleine Spielchen?"

Herrgott nochmal! Was hat er gedacht, wo wir hier sind! Ich habe einfach mit einer vagen Handgeste gesagt: „Gucken Sie mal da" und weg war ich. Nach vielleicht zwei Wochen bin ich in die Schuhabteilung geschickt worden. Ja, da fing die Freude an der Arbeit an. Baby! Marcelle in der Schuhabteilung. Das ist fast für jede Frau ein Traum. Ich habe die Schuhe in die Regale geräumt, konnte für sie schwärmen und sie manchmal in meiner Pause anprobieren. Die Filiale, in der ich gearbeitet habe, hatte vor, am Ende des Jahres zu schließen. Es gab also Schlussverkauf und dementsprechend viele Reduktionen. Es war *crazy*. Ich habe es geliebt. In meiner Abteilung waren drei feste Mitarbeiter und drei Aushilfen (ein Bangladeschi, ein junger Mann aus Jordanien und ich). Wir haben uns alle sehr gut verstanden und hatten Spaß bei der Arbeit. Die Gespräche unter uns waren lustig, vor allem, weil wir aus verschieden Kulturkreisen kamen. Der Junge aus Bangladesch hat gedacht, dass alle Frauen, die ihn anlächeln, auf ihn stehen oder ihn heiß machen wollen. Die Enttäuschung war natürlich immer wieder groß, wenn sie auf seine Einladungen nicht positiv reagierten. Wir haben versucht, ihm zu erklären, dass Frauen Männer auch einfach so aus purer Freundlichkeit anlächeln können. Wir unternahmen manchmal Dinge zu dritt. Es war cool, mit ihnen mal was essen oder einfach so spazieren zu gehen. Ich habe in der Schuhabteilung auch was Lustiges mit einer Kundin erlebt. Als sie hereinkam frage ich sie, wonach sie suche. Sie gab mir eine Antwort und ich führte sie zum entsprechenden Regal. Dort fragte ich sie, welche Schuhgröße sie habe und wie aus einer Kanone geschossen sagte sie: „Normalerweise habe ich 40, aber wegen meiner Zehen habe ich 41." WWH-HATTT!!?? Wie bitte? Wie ist das denn zu verstehen? Kann sie manchmal ihre Zehen wegklappen oder so? Ich habe später darüber so gelacht, dass ich es in meinem Blog als Witz erzählt habe. An dieser Stelle möchte ich etwas Werbung für meinen Blog machen. Er heißt „Shandy raconte" Das ist ein Blog, in dem ich über alles, was so durch meinen Kopf geht, schreibe. Auch ein paar Gedichte sind dort zu finden. Allerding ist der Blog auf Französisch. Kaum jemand weiß darüber. Das liegt daran, dass ich oft nur für mich selbst schreibe. Ich schreibe einfach gerne, egal ob ich gelesen werde oder nicht. *Shandy raconte* würde auf Deutsch „Shandy erzählt" heißen. Shandy ist mein Spitzname. Meine Eltern haben mir erzählt, dass, als meine Mutter mit mir schwanger war, sie viel von einem Getränk getrunken habe, welches es in den 90er Jahren in Kamerun gab und *Shandy* heißt. So nannten sie mich einfach Shandy.

Nach einer gewissen Zeit hat *Galeria Kaufhof* Diebstähle registriert. Es gab also scheinbar Aushilfen, die sich als Hauptbeschäftigung vorgenommen hatten, *Galeria Kaufhof* auszurauben. Why!? Wir hatten da doch Reduktionen auf Artikel. Ich hätte kotzen können!!! Auf jeden Fall hat *Galeria Kaufhof* entschieden, sich von ihren studentischen Aushilfen zu trennen. Das fand ich irgendwie unfair. Vor allem deshalb, weil die die Schuldigen ausfindig machen konnten. Warum denn nicht nur ihnen kündigen? Naja, es ist, wie es ist. Ich war also nach sechs Monaten auch raus. Schade um die Freude mit den Kollegen, und um das Geld auch! Ich wurde dort mindestens 9 Euro die Stunde bezahlt. Und das, obwohl ich von einer Zeitarbeitsfirma kam. Von meinem Wohnheim bis zur Arbeit fuhr ich maximal 10 Minuten mit der S-Bahn, was auch recht angenehm war. Eine weitere coole Sache bei diesem Unternehmen sind die Pausen- oder Ruheräume. Sie hatten dort Verzehr- oder Essräume und Pausenräume mit Liegen. Das habe ich ausgenutzt!

Die Power-Nap-Expertin in mir hat sich über diese Möglichkeit sehr gefreut. Weiterhin gefiel mir die Arbeit dort, weil viele Studenten, darunter auch Afrikaner, eingestellt wurden. Man hatte zwischenzeitlich immer nette Gespräche.

Ich habe auch bei Primark gearbeitet. Auch dort habe ich die Arbeit gemocht. *It is girl's world.* Allerdings empfand ich die Arbeit dort schon als anstrengend. Wie in anderen Läden ist es unser Job, die Waren ständig aufzuräumen. Nur im Primark haben die Kunden NULL Respekt vor den Waren. Null, *Zero*! Jeder schmeißt alles irgendwohin. *It's a pure mess.* Es ist ein Durcheinander galaktischen Niveaus, schlimmer als in einem Teenager-Schlafzimmer. Also ständig aufräumen, aufräumen, aufräumen. Aber es war schön, es gab immer was Schönes anzugucken. Eine kurze Zeit habe ich mal in der Damenunterwäsche-Abteilung gearbeitet. Herrje, ihr habt keine Ahnung, wie anstrengend es ist, Tangas zurecht zu legen. Ich erinnere mich, dass ich manchmal, wenn ich einen Tisch fertig geräumt hatte, die ganze Zeit wie ein Polizist danebenstand. Immer wenn eine Kundin zu nahekam, fragte ich gleich höflich lächelnd: „Welche Größe suchen Sie? Diese finden sie hier." Nicht, dass sie noch auf die Idee kam, den ganzen Schrank zu durchwühlen. Schön war auch hier wieder, dass es viele Aushilfen gab, mit denen man sich unterhalten konnte. Dort habe ich Marokkaner und andere Kameruner kennen gelernt. Allerdings ist dieser Laden immer sehr voll, sowohl von Kunden als auch von Mitarbeitern. Manchmal in den Pausen hatte ich das Gefühl, dass wir Tausende von Mitarbeitern in diesen Räumen waren. Manchmal hatte man in der Pause keine Sitzgelegenheit. Es kann einem dort schon leicht schwindelig werden. Viele Menschen erzählen: „Primark Produkte sind voller Chemie." „Sie stinken!" „Im Lager dort muss man mit Masken arbeiten." Ich habe dort sowohl in der Nacht als auch am Tag gearbeitet. Ich kann mich an keinen Tag erinnern, wo wir Masken getragen haben. Ich kann mich auch nicht daran erinnern, dass es gestunken hat. Sind Primark-Produkte von billiger Qualität? Ja. Ich kaufe ab und zu mal was dort. Denn sie haben süße *girly* Sachen.

Es ist mir auch tatsächlich schon passiert, dass ich dort eine schwarze Jeanshose gekauft habe, die immer auf meine Beine abfärbte, wenn ich sie anhatte. Aber was kostet schon die Welt? Da kommen wir zu der interessanten Ethik-Frage, ob ein solches Business weiter unterstützt werden sollte. Manche sagen, dass Primark-Produkte von Kindern hergestellt werden. Ich weiß es nicht, kann es mir aber gut vorstellen. Von Kindern oder unterbezahlten Arbeitern, wie man es in Dokumentationen über Bangladeschi-Arbeiter sehen kann. Auf der anderen Seite sind es nicht nur Billig-Anbieter wie Primark, die ihre Waren in solchen Ländern herstellen lassen. Ich habe eine Hose von Zara, die 40 Euro gekostet hat, auf deren Etikett *Made in Bangladesch* steht! Die Frage für mich ist: Bezahlen Firmen wie Zara die Mitarbeiter dort besser und verkaufen deswegen teurer? Sicher ist die Kleidungsqualität besser, aber zahlen sie denn die Mitarbeiter in den Entwicklungsländern besser? Falls nicht, wäre dies noch verwerflicher, denn der Geldgewinn wäre riesig. Es schmerzt mich zu wissen, dass andere Menschen so ausgenutzt werden. Leider ist diese Welt, in der wir leben, oftmals ungerecht und unfair, und zwar in vielerlei Hinsicht. Es geht oft nur um Profit, Profit, Profit.

Mein Leben in Düsseldorf war sehr durch die katholische Hochschulgemeinde (KHG) geprägt. Sie befand sich nur 7 bis 10 Minuten Gehweg von meinem Wohnheim entfernt. Dort habe ich gerne viel Zeit verbracht. Es ist ein Ort, wo ich

Geborgenheit fühlen kann. Ein Ort der Stille, wo Toleranz und Liebe zu den Nächsten wie auf den Wänden geschrieben ist. So benahmen sich alle dort. Das war schön. Wir hatten unter uns auch Studenten, die weder katholisch noch christlich waren, sich jedoch auch sehr wohl gefühlt haben; manche saßen sogar beim Mittagsgebet mit dabei. Sie haben vielleicht gebetet, wie sie es von ihrer Religion kennen oder einfach die heilige Ruhe genossen. Wir waren irgendwie im Glauben verbunden. Die KHG war so ein Ort, der mir selbst, wenn ich mich deprimiert fühlte, durch die Wärme dieses Ortes ein Lächeln ins Gesicht zauberte. Dort arbeiteten ein Pfarrer, ein Sozialarbeiter und eine Sekretärin. Sie haben einen immer wieder aufgemuntert und nach einem Gespräch mit einem von ihnen ging es einem einfach schon besser. Die katholische Hochschulgemeinde bot das ganze Semester über nette kleine Programme an. Das reichte von Kulturabenden bis zum Biertasting. Ja, es war einfach schön. Immer wenn ich die Möglichkeit hatte, dort vorbeizuschauen, habe ich die Gelegenheit gerne genutzt. Heute noch, wenn ich in Düsseldorf bin, übernachte ich manchmal dort und pflege noch gute Kontakte mit den anderen Studenten. Die KHG hat die Studenten auch finanziell unterstützt. Nicht unbedingt immer sofort, und bei der Menge an Studenten, die dort nach Hilfe fragten, mussten auch Prioritäten gesetzt und geschaut werden, wer am dringlichsten Geld benötigte. Mir selbst wurde die Kaution von meinem Zimmer von der KHG bezahlt. Weitere zwei oder drei Male habe ich noch ein bisschen Geld von ihnen bekommen. Diese Information habe ich wiederum anderen Studenten weitergegeben, denen von der KHG ebenfalls geholfen wurde. Die KHG war ein Ort zum Krafttanken. Wenn ich Studenten an der Uni getroffen habe, die mit größeren Problemen zu tun hatten oder einfach überfordert waren, habe ich ihnen einfach die KHG-Adresse gegeben. Auch die Kriegsflüchtlinge fanden es angenehm in der KHG. Jeder wurde willkommen geheißen. Vor ein paar Jahren haben sogar die Studenten der KHG ein Projekt begonnen, in dem sie Flüchtlingen Deutsch-Kurse anboten. Dabei geht es auch viel um Integration. Mit den Flüchtlingen wurde über ihren Alltag, Probleme, das Leben im Allgemeinen oder Hobbies geredet. Dadurch konnten sie gleichermaßen die Sprache üben und sich etwas entspannen, lachen und ein bisschen Wärme spüren.

Einmal habe ich mich mit einer Freundin aus Deutschland über die Flüchtlingsaufnahme in Deutschland unterhalten. Sie war der Meinung, dass Deutschland alle diese Menschen nicht aufnehmen kann oder muss. Andere Länder in der EU müssten mehr machen und wenn es so weiter ginge, würde es bald keinen Platz mehr für Deutsche geben. Sie würde vielleicht selbst nach Schweden ziehen, denn es gäbe ihr hier viel zu viele Ausländer. Ich weiß nicht wirklich, wieviel andere Länder der EU in dieser Flüchtlingskrise mitmachen. Meiner Ansicht nach, die leider nicht sehr überblickend ist, leistet Deutschland schon einen Anteil für die Flüchtlingserstaufnahme. Ob diese Menschen hier definitiv bleiben dürfen, sollen, oder gar zurück abgeschoben werden müssen, kann ich nicht beurteilen. Auch ich muss meinen Aufenthaltstitel regelmäßig verlängern, und es wird genauso über mich entschieden, ob ich die gewünschten „Kriterien" erfülle oder nicht. Für mich steht fest: Solange die Menschen hier sind und ich in irgendeiner Weise ihnen das Leben erleichtern kann, würde ich es machen. Ich denke Flüchtling zu sein, ist eine Lebenssituation, in die keiner geraten möchte. Die Überlegung der jungen Dame, nach Schweden zu ziehen, um den Ausländern zu entkommen, finde ich schon lustig, denn in Schweden wäre sie selbst Ausländerin; vom Aussehen her vielleicht nicht von den Schweden zu unterscheiden, jedoch vom Status her eine Ausländerin. Also könnten die Menschen dort genau dieselben Gedanken über sie haben, die sie gerade über die Ausländer in Deutschland hat.

2015 beschloss ich, mich firmen zu lassen. Für die Firmung brauchte ich einen Paten. Diese Person sollte selber gefirmt sein. Zuerst wollte ich als Patin die kleine Schwester von einer Freundin haben. Sie ist jemand, den ich hinsichtlich ihres Glaubens sehr bewundere. Sie aber wollte das jedoch nicht mitmachen, da sie aus der katholischen Kirche ausgetreten war. Am Ende bat ich Thomas, ein junger deutscher Jurastudent, der auch in der KHG aktiv war und den ich gerne hatte.

Für die Firmung musste ich einen Katechese-Kurs machen. Bei diesem Katechese-Kurs ist mir Folgendes noch klarer geworden: Die Art, wie die Europäer ihre Religion ausleben, unterscheidet sich von der Art, wie die Afrikaner sie leben. Im Folgenden also ein paar Gedanken zu dem Thema Religion.

Zu Beginn meines Aufenthaltes in Deutschland wollte ich mal zum Gottesdienst gehen, obwohl die Kameruner in meinem Umfeld mich davon abhalten wollten. Ich wohnte in Siegen und machte mich früh an einem Sonntag auf den Weg. Ich fand auch eine Kirche. Sie war sehr groß und hatte mehrere schwere große Türen. Ich habe versucht, durch eine von ihnen in die Kirche reinzukommen. Eine Tür, die ich ausprobierte, war sehr schwer und ließ sich nicht schieben oder öffnen. Ob sie von innen verriegelt war? Ob ich zur falschen Uhrzeit dort war? Das weiß ich alles nicht. Auf jeden Fall kam ich nicht rein, ging nach Hause und habe es in Siegen nicht mehr probiert.

Ich erinnere mich an eine ähnliche Situation später in Gera. Ich wollte zu einer katholischen Kirche zum Gottesdienst gehen. Es stand gleich am Eingang „Betreten auf eigene Gefahr" Hatten sie dort wilde Hunde? Ich weiß es nicht. Vielleicht wies das Schild darauf hin, dass es keine Winterdienste für den Weg gab? Auf jeden Fall fand ich das nicht sehr einladend.

In Gießen bin ich ein paar Male zu einer Kirche in der Nähe des Bahnhofs gegangen. In dieser Kirche war ich immer die einzige schwarze und die einzige jugendliche Person! Ich habe später erfahren, zu welcher Kirche die anderen Kameruner gingen. Sie war mir jedoch zu weit entfernt. Also bin ich dort nur zweimal bei einer Messe gewesen. Und das leider auf Trauerfeiern von Bekannten, die jemanden verloren hatten. Zu der Kirche in der Nähe des Bahnhofs gingen nur ein paar alte Menschen. Das bestätigte die Worte der Kameruner in Siegen, die mich gewarnt hatten. Europäer arbeiten lieber als in die Kirche zu gehen. Sie sagten mir, das sei auch ein Grund, warum sich Europa schneller entwickele und dass die 90 Minuten, die Afrikaner jeden Sonntag in der Kirche verbringen, in Europa in Arbeit investiert werden. Letztlich wird ja auch in Deutschland 24 Stunden an 7 Tagen in der Woche produziert. In den Produktionslagern, in denen ich hier gearbeitet habe, wurde auch an den Sonntagen produziert.

Auf jeden Fall habe ich angefangen, mir ernste Gedanken über Religion, Glaube und Spiritualität zu machen. Das Christentum ist den Afrikanern überwiegend mit Gewalt beigebracht worden: mit Lügen, Verschwörungen und Bosheit. Bevor die europäischen Entdecker zu uns kamen, hatten wir unsere Religionen, Traditionen und

Spiritualität, die sie als barbarisch, primitiv und nicht zivilisiert bezeichneten. Sie zwangen die Leute, an die Bibel zu glauben. Sie haben die biblischen Verse den Afrikanern gegenüber auf eine Weise interpretiert und ihnen zu verstehen gegeben, dass sie der Kirche bzw. ihrem sogenannten Priester alles Hab und Gut zu geben haben, um bescheiden und in Demut in Gottes Reich eintreten zu können. Meine Leute haben die Augen zum Beten geschlossen und als sie sie wieder öffneten, war ihr Land weg. Man kann in dem Brief des belgischen Königs, Léopold II. auch lesen, wie die Kolonisatoren die Bibel zu benutzen hatten. Insofern gibt es meiner Meinung nach seitdem drei Kategorien von Afrikanern. Die erste Gruppe hat die neue Religion umarmt, lebt sie vollständig aus und verabscheut selbst ihre ursprünglichen Traditionen. Die zweite, die die Tricks verstanden haben, hassen das Christentum und leben und lehren unsere Spiritualität weiter. Und viele weitere, wie ich zum Beispiel, versuchen oder kämpfen darum, ein gesundes Verhältnis zwischen den beiden Weltanschauungen und Lebensweisen zu finden. Ich selbst wurde im Christentum erzogen. Von Kind an gingen wir regelmäßig zur Kirche. Ich erinnere mich aber, dass mein Vater uns fairerweise angeboten hatte, die christliche Kirche zu wählen, in der wir getauft und die erste Kommunion nehmen wollten. Wir haben die katholische Kirche gewählt und so waren wir als Jugendliche bereits ziemlich aktiv in unserer Kirchengemeinde. Ich machte also meinen Weg im Leben, glaubte an Gott und betete regelmäßig. Dieser Glaube stärkte mich.

Als ich schließlich in Gießen war, fing ich an, mich zu fragen, wieso die Weißen, die uns diese Religion brachten, selber nicht an Gott glauben? Denn ca. 90% der jungen Deutschen in meinem Alter, die ich fragte, erzählten mir, dass sie nicht an Gott glauben. Das Paradoxe war aber, dass sie meist alle getauft waren und die Erstkommunion empfangen hatten. Weihnachten, Ostern und andere christliche Feste waren wichtige Feiertage für sie, an denen man sich gegenseitig beschenkte, selbst wenn sie sich mit den Mysterien dieser Tage gar nicht auseinandersetzten. Die Adventszeit – für die Christen eine Zeit, in der sie ihr Herz vorbereiten, um das Christkind aufzunehmen - ist für die meisten eine Zeit, in der sie Schokolade essen und Geschenke kaufen. So kam es mir vor. Dabei kenne ich keinen Ort auf der Erde wie hier im Westen, wo die Leute ständig über Religion oder über den Islam reden. Wieder so ein Paradox für mich. Ich habe das Wort Islam oder Muslime nie so oft gehört wie in Europa, unabhängig ob in einem positiven oder negativen Kontext. Manchmal frage ich mich, ob es wirklich so krass oder einfach meine Wahrnehmung so ist, da ich es von zuhause anders kenne. Ich komme aus einem Land, das man als „*Laic*" bezeichnet. Jeder darf seine Religion ausüben und dies ist dann auch der Fall. Die meisten sind Christen, ungefähr ein Drittel sind Moslems, weitere Teile der Bevölkerung sind Anhänger traditioneller west- und zentralafrikanischer Religionen, einige sind Atheisten und schließlich gibt es noch andere Glaubensrichtungen, mit denen ich mich nicht auskenne. Ich besuchte die Schule zusammen mit muslimischen Kindern, aber mir war das oftmals gar nicht bewusst, denn von Religion ist einfach selten die Rede. Dass sie Moslems waren, nahmen wir erst wahr, wenn der Ramadan ausgerufen wurde und sie uns zum Lammessen einluden. Verglichen also mit einem anderen Land, welches sich ebenfalls als „Laic" definiert, wird in Deutschland sehr viel über das Thema Religion geredet. Irgendwann habe ich innerlich gegen die Religion rebelliert und es kreisten viele Gedanken in meinem Kopf herum. Es ist interessant, denn tief in mir habe ich immer gewusst, dass der Glaube mir guttut. Ich fühle mich in meinem Glauben geborgen, gesegnet und geschützt. Ich mag es zu beten und zu glauben, dass mich etwas Größeres schützt, als ich selber bin. Ich glaube an einen Gott, der mich erschaffen hat. Diesen Gott nenne ich in meiner Muttersprache *„Nsi"* Andere nennen ihn *„Allah"*, *„Jaweh"*, *„Jehowah"*, „Gott" und es ist vollkommen ok für mich. Aus diesem Grunde gehöre ich auch nicht zu den Leuten, die die katholische Kirche schönreden, denn ich glaube an meinen Gott und nicht an eine bestimmte Kirche. Freunde sagen mir: „In der katholischen Kirche sind die Priester pädophiler", „Die katholische Kirche hat die Weltkriege mitfinanziert", „Die katholische Kirche hat den Kolonialismus favorisiert" Stimmt!

Aber da ich nicht an die Kirche und somit nicht an den Priester glaube, kommt es vor, dass ich weiterhin dorthin gehe, wobei ich mich mehr und mehr in den freievangelischen Gemeinden wohl fühle.

Die Bibel lese ich ab und zu. Sie hilft mir hinsichtlich einer starken moralischen Gesundheit. Die moralischen Werte, die dort vermittelt werden, erscheinen mir passend.

Während meines Katechese-Kurses für die Firmung ist mir noch was anderes klar geworden. Einige Deutsche, die an Gott glauben, haben ein etwas anderes Verhältnis zu Gott als die Afrikaner. Sie nehmen das Ganze etwas lockerer. Für sie ist Gott immer bereit zu verzeihen und einen neuen Anfang zu erlauben. Das scheint für mich ein möglicher Grund zu sein, warum sie sich nicht wie die Afrikaner komplett niedergeschlagen fühlen, wenn sie eine Sünde begangen haben. Afrikaner gehen meiner Ansicht nach viel zu oft zur Beichte. Ich bin ebenfalls früher, als ich noch im Gymnasium war, oft zur Beichte gegangen. Nach meinem Empfinden passen die Europäer die Bibel an ihr Leben an, während Afrikaner ihr Leben mehr nach der Bibel ausrichten. Für die Europäer ist der Gottesdienst auch keine Pflichtveranstaltung, selbst wenn sie an Gott glauben. Ihr wollt auch nicht wissen, wie die Jugendlichen bei uns am Sonntag früh um 6 Uhr aus dem Bett gezerrt werden, um pünktlich um 7 Uhr im Gottesdienst zu sitzen. Schulkinder in Deutschland empfangen mit 9 Jahren, meiner Ansicht nach ziemlich früh die erste Kommunion und mit 13/14 das Sakrament der Firmung. Ob ihnen das Mysterium, welches dahintersteckt überhaupt bewusst ist? Die Jugendlichen, die ich mal gefragt habe, haben sich mehr über den Eingang auf dem Konto als über das Sakrament an sich gefreut. Und sind danach oftmals gar nicht mehr zur Kirche gegangen außer zu Weihnachten. Dennoch mag ich den philosophischen Aspekt des Glaubens hier in Europa. Er passt einfach besser zu mir, denn ich habe einen ziemlich kritischen Geist. Zu Hause ist Glaube oder Religion sehr mit Dogmen verbunden; sich bloß nicht fragen Warum? Wieso dieses oder jenes? Ich aber stelle mir gerne Fragen über Dinge, die ich nicht verstehe. Diese Unterschiede fielen mir bei meinem Gespräch mit dem Pfarrer während meines Katechese-Kurses hier auf. Allein die Tatsache, dass dieser Kurs bloß aus vier oder sechs Treffen bestand, fand ich klasse - für mich persönlich ausreichend. Bei uns in Kamerun wären es Wochen an Vorbereitungen für dieses Sakrament gewesen, welches letztlich zu verstehen ist als ein JA. *„Ja, ich möchte definitiv in diese Gemeinde eintreten und bestätige somit meinen Glauben noch einmal nach der Taufe."*

2016 flog ich mit ein paar anderen Studenten der KHG und dem Pfarrer nach Polen zum Weltjugendtag (WJT 2016). *Krakau!* Was für ein Erlebnis!!! Das war das erste Mal in meinem

Leben, dass ich bei so einem großen Event dabei war. Grandios! Millionen von hauptsächlich jungen Menschen, durch den Glauben verbunden, oder auch Leute, die ihren spirituellen Weg noch suchten. Wenn ich an diesen WJT denke, bin ich so euphorisch, dass ich nicht mal weiß, womit ich bei der Erzählung anfangen soll. Die Witze und Scherze unter uns, die schönen Begegnungen mit Leuten anderer Horizonte, die Wärme der polnischen Leute, die Pilgerwege, die Stadtbesichtigung, die günstigen und doch leckeren Restaurants, die Bibelstunden mit dem Zeugnis mancher Jugendlichen. Es war einfach schön. Ich habe sogar einmal spontan auf dem Feld getanzt. Dies war die Eröffnungsveranstaltung, während der auf der Bühne vor dem Papst Tänze aus verschiedenen Regionen oder Kulturen der Welt vorgeführt wurden. Sobald ich die schönen mitreißenden afrikanischen Klänge hörte, stand ich einfach auf, fing an zu tanzen und wurde sofort von dem Kameramann des WJTs gefilmt. In diesem wunderschönen Moment war ich so tief in dieser Euphorie versunken und fühlte mich sehr wohl beim Tanzen. Im Nachhinein dachte ich nur: „Ouyyiii, war das jetzt mutig, vor so vielen Menschen zu tanzen. Ich denke nicht, dass ich es nochmal schaffen könnte." Während des WJTs habe ich beschlossen, nach gefühlten Jahrzehnten mal wieder zur Beichte zu gehen. Ich ging zu einem polnischen Pfarrer, der viele Sprachen sprach, unter anderem Französisch. Es war intensiv. Ich habe dabei viel geweint und oftmals selber nicht richtig ausreden können. Das hatte der arme Pfarrer gemerkt und mir einfach die Vergebung gegeben :). Beim WJT habe ich zum ersten Mal in meinem Leben „*à la belle étoile*" (unter freien Himmel) geschlafen. Ich war noch nie zuvor zelten gewesen und muss sagen, dass es auch nicht so wirklich etwas für mich ist. Diese Not-Toiletten waren so dreckig, ohh nooo. Das Essen, welches wir in unseren Rucksäcken den ganzen Tag über mitgeschleppt hatten, war dann nur noch essbar, aber lecker hat es nicht mehr geschmeckt.

In Polen fand ich die Tatsache, dass wir kein Polnisch und die Polen kaum Englisch sprechen konnten, lustig. Wenn wir in den Supermarkt gingen, haben wir einfach nur die Basics gekauft. Jogurt kaufen? So etwas ging ja nicht, denn woher sollte ich wissen, ob es Joghurt, Schlagsahne, Schmand oder Quark war? Ah, es war wunderschön, ich habe Kraft getankt und war sehr froh, diese Erfahrung mitgemacht zu haben. Auch der KHG bin ich sehr dankbar, denn sie hatte mich finanziell bei dieser Reise unterstützt. Das sei das Geschenk für meine Firmung, hatte mir der Pfarrer gesagt.

In Düsseldorf habe ich neben meinem Studentenleben ein paar ehrenamtliche Tätigkeiten ausgeübt. Zunächst machte ich beim AStA (Allgemeiner Studierendenausschuss der Heinrich-Heine-Universität Düsseldorf) im Mentorprogramm der Uni mit. Es ging darum, Studenten mit Behinderungen zu unterstützen. Es gefiel mir. Ich hatte das Gefühl, Teil von etwas Noblem zu sein. Die Philosophie hinter diesem Programm war unter anderem das Ziel, sich für einen barrierefreien Campus einzusetzen. Da es freiwillig war, entschied jeder, in welchem Umfang man sich in diesem Programm involvieren wollte. Es funktionierte folgendermaßen: Die Studenten mit Behinderungen waren die „Mentee" und wir Helfenden die „Mentoren" Die Mentee beschrieben ASTA ihre Nöte und wann sie Hilfe brauchten. Das Spektrum für benötigte Hilfe war breit. Manche brauchten zum Beispiel Hilfe bei der Suche von Büchern in der Bibliothek, andere beim Kopieren, Scannen oder Drucken von Vorlesungsunterlagen. Einem Mentor bei der AStA wurden die verschiedenen Möglichkeiten für Hilfeleistungen vorgestellt und er konnte sich daraus etwas aussuchen. Ich machte sehr schöne Erfahrungen in diesem Programm. Es war eine Bereicherung für mich, Mentorin einer jungen Dame zu sein. Es war eine junge hübsche Dame, drei Jahre jünger als ich und Jurastudentin. Sie litt unter muskulärer Dystrophie und hatte kaum Muskeln in den Beinen. Aus diesem Grund konnte sie schwer gehen. Sie brauchte jemanden, der ihre Tasche trägt und sie beim Arm hält. Sie war in meinen Augen eine sehr tapfere junge Frau. Wir brauchten um die 40 Minuten für eine Strecke, für die Menschen mit gesunden Beinen höchstens 10 Minuten gebraucht hätten. Mit einem Taxi wäre es sicher schneller gewesen, aber sie wollte es so, sie wollte sich bewegen, sie wollte gehen. An Wintertagen war es noch schwieriger. Da haben wir eine dreiviertel Stunde gebraucht. Diese Begleitung habe ich zwei oder dreimal die Woche gemacht. Ich holte sie in ihrem Zimmer früh um 6:40 Uhr ab. Manchmal war sie nicht ganz fertig und ich reichte ihr noch die Schuhe oder den Schal. Das Magische an unserer Mentee-Mentor-Beziehung war unsere gemeinsame

Leidenschaft für Bücher. Jaaaa, wir beide lesen gerne Bücher. Also auf dem Weg zur Uni haben wir über Romane erzählt und sogar Bücher ausgetauscht. Ich habe es geliebt und sie auch. Sie sagte mir, sie hatte mich gerne als Mentorin und das wärmte mich auf. Sie war aus einer geschiedenen Ehe und hat eine jüngere Halbschwester, die ungefähr so alt wie eine von meinen Schwestern ist. Wir unterhielten uns darüber, wie früh junge Mädchen heutzutage mit dem Schminken anfingen. Ach, war das schön. Ich glaube, es ist ein generelles Thema, dass Kinder immer weniger Zeit haben, Kind zu sein. Sie wollen einfach schnell in die Erwachsenenwelt einsteigen. Ich sehe manchmal 12-jährige Mädchen im DM-Drogerie Markt in der Schmink-Abteilung. Ich finde es irgendwie traurig. Wollen sie denn schon so früh den Blick von Jungs auf sich ziehen? Einmal fand ich ein junges Mädchen in der Schmink-Abteilung. Sie war dabei, ein Paar Make-up-Cremes zu testen. Ich sagte zu ihr: „Das brauchst du nicht. Du bist so hübsch. Fange nicht so früh mit so etwas an, sonst machst du dir deine Haut nur kaputt." Sie sagte zu mir: „Danke. Du bist auch sehr schön. Aber ich brauche das wirklich. Ich finde mich nicht sehr schön. Ich bin nicht so schön wie du"

Das machte mich so traurig. Ich bin gerade etwas traurig, wenn ich daran denke. Warum ist ihr Selbstbewusstsein so kaputt? Ich meine, wir Frauen machen uns sowieso viel zu viele Sorgen um unser Aussehen. Das ist so. Ich bin auch so eine *schickimicki* Frau. Ich mag gerne schöne Kleider, schöne Schuhe, schönes Make-up, schöne Unterwäsche. Das alles trägt irgendwie dazu bei, sich selbstbewusst und wohlzufühlen. Jedoch ist die Grenze zwischen dem Genuss dieser Sachen und der Abhängigkeit davon ein sehr schmaler Grat. Ich selber habe erst sehr spät mit dem Schminken angefangen. Mit 14 habe ich maximal ein Lipgloss benutzt. Während der ersten drei Jahre an der Uni habe ich mit Mascara und Lidschatten angefangen und erst im Masterstudium, also mit 24 Jahren, fing ich mit Make-up an und begann, meinen Teint aufzuhübschen. Dass ich so spät damit anfing, erklärt vielleicht, warum ich mich damit auch nicht so gut auskenne. Ich habe meine Standard-Art, mich zu schminken. Sie passt zu mir und ich versuche auch gar nicht groß zu experimentieren. Wenn ich mich schminke, fühle ich mich hübsch. Ja, man würde vielleicht sagen: „Oh, was für einen schönen, homogenen, natürlichen Schokoladen-Teint hat die junge Dame!" Und ich würde bei dem Wort „natürlich" schmunzeln. Ja, ich liebe leichtes Make-up. Oft wissen die Leute nicht, ob ich geschminkt bin oder nicht. Und genauso mag ich es. Mit dem Make-up mag ich gerne meine Pigmentflecken, also die dunklen Punkte auf meiner Haut, verstecken. Allerdings kommt man schnell in einen Teufelskreis, denn man benutzt immer wieder Make-up, um seine Imperfektionen zu verstecken. Dabei beschädigt zu viel Make-up auch die Haut.

Jedoch bin ich noch froh, dass ich nicht vom Schminken abhängig bin. Ich muss mich nicht jeden Tag schminken. Ich gehe auch ohne Schminke zur Arbeit oder anderswo hin. Jedoch gebe ich zu, dass ich mich mit Schminke hübscher fühle. Es passiert auch schon mal, dass ich ohne Schminke raus möchte und ich im Aufzug beim Blick in den Spiegel denke: „Gott bewahre! Die Welt braucht jetzt mein Gesicht nicht zu sehen." 😉

Zwei Semester später hatte sich mein eigener Stundenplan so verändert, dass ich nicht mehr bei dem Mentorprogramm mitmachen konnte. Das war die Zeit, in der ich anfing, mich meiner Masterarbeit zu widmen. Ich musste immer noch viel jobben und war weiterhin in der KHG aktiv.

Ich wollte jedoch wieder etwas Ehrenamtliches, Neues und Interessantes machen. Durch eine Freundin aus Kenia erfuhr ich von der Aidshilfe. Die Arbeit dort war neue für mich. Am Anfang gelangte ich zu *Heartbreaker*. Das ist der Förderkreis der Aidshilfe.

*Heartbreaker* ist also zuständig, Spenden und Geld zu sammeln und es der Aidshilfe für ihre Arbeit bereitzustellen. Die Arbeit dort bereitete mir Freude. Seien es die Treffen mit den anderen Mitgliedern, das Besprechen der nächsten Aktionen oder Projekte. Eine für mich tapfere Aktion, welche bei *Heartbreaker* üblich ist, war das Geld auf öffentlichen Veranstaltungen zu sammeln. Ein einziges Mal habe ich auf einer Kirmes mitgemacht. Oh Gott!! ich denke, ich habe es auch nur überlebt, weil ich meine Freundin an meiner Seite hatte. Denn mit einer Blechdose allein durch die Gegend zu laufen, um ein paar Münzen und Scheine für die Aidshilfe zu erbitten… Das verlangt schon mal Mut. Zumal wir nicht immer auf nette lächelnde Menschen trafen. Andere haben uns beschimpft. Aber gut, eine solche Erfahrung habe ich nun auch in meinem Leben gemacht. Nach einer Weile bei *Heartbreaker* wollte ich mich mehr mit dem Thema Aids beschäftigen. So wechselte ich direkt zu der Aidshilfe, und habe dort bei der Präventionsarbeit mitgemacht. Zuerst musste ich an bestimmten Weiterbildungen teilnehmen. Dann habe ich mitgeholfen, Daten für bestimmte Studien zu sammeln. Ich musste also mit anderen, die an dem Projekt mitarbeiteten, bestimmte Umfragebögen verteilen und sie wieder einsammeln. Und ich weiß noch, als ich die Formulare unter Kamerunern verteilte, haben manche angefangen zu tuscheln: „Bestimmt ist die Marcelle infiziert. Warum beschäftigt sie sich denn so sehr mit dem Thema?" Ich musste lachen. Diese Arbeit hat mir Spaß gemacht. Ich traf häufig neue Menschen, ich lernte etwas Neues und mittlerweile hatte die Aidshilfe angefangen, uns ein bisschen Geld für die fleißige Unterstützung zu geben. Wir gingen auch in Flüchtlingslager, um dort Präventionsarbeit zu leisten. Über meine Gefühle dort muss ich auch noch erzählen. Sich in einem Flüchtlingslager zu befinden, war jetzt nichts Neues mehr für mich. Ich habe in Gießen in der Erstaufnahmeeinrichtung für Flüchtlinge gearbeitet. Später habe ich auch in Düsseldorf im Flüchtlingslager gearbeitet, um ein bisschen Geld zu verdienen. Ich wusste also schon, worauf man sich oder worauf ich mich als kleine afrikanische Frau einzustellen hatte. Ich weiß nicht mal, ob ich es hier in Worten gut erklären kann. Ich meine, in einem Flüchtlingslager sind Menschen verschiedener Herkunft. Afrikaner, Asiaten und Europäer. Da sind Männer, Frauen, Kinder, Teenager und Babys mit dabei. Da sind Leute mit einem hohen Ausbildungsniveau und andere mit überhaupt keinem. Da sind Menschen, die seit langem keinen Sex mehr hatten und andere, die untereinander sexuell aktiv sind. Da sind welche, die auf dem Weg nach Europa schwanger geworden sind. Da sind welche, die schreckliches Heimweh haben und andere, die da drüber hinweg sind. Da sind welche, die mit dem Wetter oder mit dem deutschen Essen überhaupt nicht klarkommen und welche, die sich mehr oder weniger daran gewöhnt haben. Da sind welche, die die Sprache schnell lernen und welche die es nicht schaffen. Darunter sind welche, die denken, sie sind endlich im Paradies angekommen und welche, die es schrecklich bereuen, hier zu sein. Es sind welche, die bereit sind, alles zu tun, um hier zu bleiben und andere alles, um in ein anderes Land geschickt zu werden. Es sind welche, die denken, wenn sie mich sehen: „Die Schwester wird uns helfen es hier auch zu schaffen, oder einen Job zu finden" und andere, die sich einfach mal freuen, eine Schwester zu sehen und weitere, die mich mit ihrem Blick verabscheuen, so als ob ich eine Chance hätte, die ihnen nicht gegeben wurde. Die Liste könnte ich über mehrere Seiten schreiben, aber ich belasse es erstmal dabei. Also man muss wissen, wie man sich dort einstellt. Das nenne ich soziale Intelligenz. Ob sich meine deutschen Kollegen auch solche Gedanken machten? Weiß ich nicht, aber ich denke schon. Denn sie sind Fachleute in dem Bereich. Ich habe es ja nur nebenbei, ehrenamtlich oder als Aushilfe gemacht. Wir weiblichen Mitarbeiterinnen waren im Flüchtlingslager für die Prävention bei Frauen und Mädchen eingeteilt. Das war auch gut so. Denn die Menschen dort kommen aus anderen Kulturkreisen als Deutsche. Es wäre mir auch unangenehm, mit den Männern zu reden. Weniger, weil es mich stört, sondern mehr, weil ich weiß, dass es für sie unangenehm wäre. Und in so einer Präventionsstunde sollen die Leute sich wohl und gelassen fühlen, damit sie auch ihre Fragen stellen können.

Also selbst, wenn ich nicht mit ihnen redete, war ich auf dem Hof von ihnen umgeben als wir reinkamen. Also musste ich es oder vielleicht auch nicht? Ich habe jedenfalls alle gegrüßt. Selbst da muss man wissen, wie man sich anstellt. Diese Männer sollen bloß nicht denken ich wäre ein Stück Fleisch, an das sie gehen können. Es kann auch sein, dass ich die Blicke falsch interpretiert habe. Vielleicht ist fast jede Frau, die von vielen unbekannten Männern umgeben ist, in der Defensive. Die Präventionsgespräche an sich mochte ich. Ich mochte es, mich mit Frauen und Mädchen anderer Herkunft zu unterhalten. Mal einen Einblick in ihre Geschichte zu haben. Es zwingt zu einer gewissen Bescheidenheit, zum nötigen Respekt. Da waren junge Damen, die mehr als sechs Sprachen sprechen konnten. Darunter gab es welche, die Informatiklehrerinnen oder Mathestudentinnen waren. Das muss ich einfach hier erwähnen um diesen Mythos, welchen ich manchmal höre, zu zerstören; dass Flüchtlinge nichts machen wollen, dass sie faul wären und nur von Deutschland profitieren wollen.

Ja, die Gespräche liefen leider nicht immer fließend mit allen. Manche waren einfach schüchtern vom Charakter her. Andere hatten einfach keine Lust, jetzt über Sexualität mit einer jüngeren afrikanischen Frau oder gar mit den anderen deutschen Frauen nebenan zu reden. Und bei vielen war die Sprache eine Barriere, denn sie waren frisch in Deutschland angekommen. Es freute mich sehr, wenn in der Gruppe Frauen aus Afrika waren. Da gab es irgendwie eine Verbindung. Wir haben Witze gemacht und gelacht. Ich war froh, sie zum Lachen bringen zu können. Denn ich glaube, dass ihre Lebensumstände nicht einfach waren. Manche Gespräche, die wir mit den Leuten dort führen mussten, fand ich nicht ok, aber das war ja nicht Teil meiner Aufgabe, es ok zu finden oder nicht. Über Verhütung, Hygiene, sexuell übertragbare Krankheiten zu reden fand ich sinnvoll; oder auch ihnen eine Adresse zu geben, an die sie sich wenden können, wenn sie mal Hilfe brauchen. Aber über oralen Sex oder einfach über sexuelle Praktiken zu reden, finde ich irgendwie nicht nötig. Sex ist etwas Instinktives. Während man Sex hat, weiß man, was einem gut gefällt oder nicht. Leute irgendwie darüber zu belehren, finde ich ein bisschen schräg, vor allem Leute aus diesen Kulturkreisen. Aber gut, das ist Europa.

Jeder hat schon mal von Datenschutz gehört. Bei mir ist dieses Wort aber erst mit meiner Arbeit bei der Aidshilfe richtig klar geworden bzw. habe ich dort gelernt, wie wichtig es ist, Personendaten zu schützen. Man hat mit und für die Leute, die infiziert waren, gearbeitet. Informationen blieben aber innerhalb der vier Wände und durften natürlich auf gar keinen Fall nach außen dringen. Manche Leute die krank sind, wollen sogar außerhalb der Aidshilfe Gebäude gar nicht von den Mitarbeitern gegrüßt werden. Denn sie wollen ja nicht, dass irgendwelche Verbindungen erstellt werden. Das kann ich alles verstehen. Ich arbeite schließlich in einem Krankenhaus und dort ist es nicht anders. Die Arbeit dort hat mir viel gebracht, sowohl fachlich (sexuell übertragbare Krankheiten und weiteres) als auch menschlich (Toleranz). Ich meine, für mich als junge Frau aus Afrika, sich mit Themen wie Homosexualität oder Transsexualität zu beschäftigen, war eine ganz neue Erfahrung. Wobei ich sagen muss, „Toleranz" ist ein zweischneidiges Messer. Was ist denn schon Toleranz? Toleranz, das Wort kommt aus dem Lateinischen „tolerare" und heißt dulden oder ertragen. Ich habe in 28 Jahren gelernt, dass wir Menschen, also die meisten von uns, tolerant gegenüber etwas sind, solange diese Sache uns nicht wirklich persönlich betrifft. Wie viele von uns sind tolerant gegenüber dem Nachbarn, der homosexuell ist, fänden es aber ziemlich schräg oder gar nicht ok, wenn die eigenen Kinder diesen Weg nehmen würden? Wie viele von uns sind tolerant gegenüber der Familie nebenan, die muslimisch ist, würden es aber nie erlauben, dass die eigenen Kinder sich zu dieser Religion bekennen?

Vor dieser Tätigkeit bei der Aidshilfe habe ich in einem Flüchtlingslager in Düsseldorf gearbeitet, wo ich ungefähr 9 Euro die Stunde verdient habe. Das war gutes Geld. Ich habe dort hauptsächlich das Essen mitverteilt, die Essräume sauber gemacht und manchmal den Müll aus den Schlafzimmern rausgeholt. Ich habe dort leider nur kurzgearbeitet, aber sehr interessante Gespräche mit Leuten gehabt. Ich erinnere mich an diesen alten deutschen Journalisten, der dort auch, wie ich, gearbeitet hat. Einmal haben wir uns über ehrenamtliche Tätigkeiten unterhalten. Er war der Meinung, so etwas sollte es nicht geben. Dass Menschen, die ehrenamtliche Arbeiter beschäftigen, Menschen ausnutzen. Er war der Meinung, wenn Leute wie ich sich nicht freiwillig für solche Tätigkeiten melden würden, müßte man dafür ausgebildete Leute bezahlen, denn es gäbe definitiv Geld dafür. So eine Ansicht über ehrenamtliche Arbeit hatte ich noch nie gehört. Ich respektiere und verstehe seinen Punkt. Er fragte mich, ob ich mich darüber freuen würde, für eine meiner ehrenamtlichen Tätigkeiten bezahlt zu werden. Ich sagte „ja, natürlich" Aber sollte es nicht der Fall sein, würde ich sie trotzdem weiter machen. Denn ich wähle mir meine ehrenamtlichen Tätigkeiten oft so, dass ich was an neuem Können gewinne. Also ist das auch eine win-win Situation. Allein die Gespräche, die ich mit den Flüchtlingen im Lager hatte, sind für mich unbezahlbar. Denn es erlaubt mir, das Leben aus einer anderen Perspektive zu sehen. Es erlaubt mir zu wachsen und eine gewisse Aufgeschlossenheit zu wahren.

Zurück zu meinem Leben in Düsseldorf. Man sagt doch immer „andere Länder, andere Sitten", nicht? Dann erzähle ich mal was. Eine deutsche Studienkollegin hatte mir ein Buch ausgeliehen. Dieses hatte sie selbst aus der Uni-Bibliothek ausgeliehen und sollte es an einem Montag zurückbringen. Wir hatten uns geeinigt, dass ich ihr das Buch also am Sonntag zurückbringe. An dem Sonntag früh habe ich tausendmal erfolglos versucht, sie zu erreichen, um ihr Bescheid zu sagen, dass ich vorbeikommen wollte. So gegen 10 Uhr habe ich beschlossen, einfach zu ihr zu gehen, um ihr das Buch zurückzugeben. Ich klingelte.

Sie machte mir die Eingangstür auf. Ich stieg die Treppe hoch. Kaum hatte sie die Tür aufgemacht, schrie sie mich an: „Du kannst doch nicht einfach so vorbeikommen!" Ich dachte: ernsthaft!? und erklärte ihr, dass ich sie schon tausendmal angerufen hatte. Sie hatte noch geschlafen und meine Anrufe deshalb nicht gehört. Das kann ich verstehen. Was ich aber schwer verstehen kann, ist wie sie mich an der Tür angesprochen hat! Nö, das macht man nicht. Würde jemand so etwas in meinem Kulturkreis sagen, würde derjenige von den anderen ausgegrenzt werden. Selbst wenn man jemanden in seinem Haus nicht haben will, kann man ihm das anders verständlich machen. Ja es stimmt schon, dass wir vieles umformulieren. Man würde zum Beispiel sagen: „Hör mal, ich habe noch was zu erledigen." und nicht „Du kannst doch nicht einfach so vorbeikommen!" Der andere würde sofort verstehen, dass er bitte gehen soll. Lange war ich aber auf meine Freundin nicht sauer. Denn ich weiß, dass sie das nicht böse gemeint hat. Das würde sie auch zu ihren Landsleuten sagen. Ich bin damals davon ausgegangen, dass die Menschen hier es gewohnt sind, offener zu sprechen.

Ich glaube, das ist auch die Kunst der Integration: unterscheiden zu können, ob etwas böse gemeint ist oder normal für die Landsleute ist, selbst wenn es einem fremd vorkommt. Ich staune immer noch, wenn ich höre, wie ein Kind zu seinen Eltern sagt: „Geht raus aus meinem Zimmer!" Als ich noch neu in Deutschland war, fand ich es ein bisschen seltsam, dass die Leute sich ständig leidenschaftlich in der Öffentlichkeit küssen; an der Bushaltestelle, im Supermarkt, an der Uni, überall. Mittlerweile habe ich mich dran gewöhnt und mich sogar selbst schon dabei ertappt. Tja... Integration!

Ich habe mich in Deutschland gut integriert. Das würde jeder, der mich hier kennt, sagen. Ich habe mich gut eingelebt und fühle mich hier wohl. Ich habe viel von der deutschen Art angenommen und deswegen werde ich manchmal von Afrikanern aufgezogen. Sie sagen zu mir: „Die Marcelle ist zu Deutsch. Sie hat sich viel zu sehr integriert. Sie kann gar nicht mehr mit einem Afrikaner zusammen sein. Sie wird am Ende einen Weißen heiraten" Das tut schon ein bisschen weh, so etwas zu hören. Denn glaubt mir, das wird einem in meiner Gemeinschaft nicht als Kompliment gesagt. Ja, ich erkenne, welche negativen Gewohnheiten ich hier angenommen habe und kämpfe mit mir, um sie wieder abzulegen. Na ja, ich denke, das tut jeder Mensch. Jeder Tag ist ein Kampf, um besser zu werden. Ich denke ich bin streitsüchtiger und leicht egoistischer geworden. Ich helfe zwar immer noch oft und gerne anderen, aber in meiner Ausdrucksweise gibt es öfter Sätze wie „MEIN Sofa, MEIN Auto, MEIN dies, MEIN das, selbst, wenn diese Possessivpronomen gar nicht nötig sind. Es ist eine Kultursache. Ich bin eine *Bamileke* und in meiner Kultur denkt man eher an das gemeinsame Wohl. Ein Beispiel, welches für einen Deutschen oder gar einen Europäer seltsam klingen würde, ist folgendes: Wenn ich mit meinen Cousins über meine Mutter rede, sage ich nicht „MEINE Mutter", denn es klingt besitzergreifend. Letztlich könnte meine Mutter ja auch ihre sein und umgekehrt. Oder noch ein anderes Beispiel: Ich skypte einmal mit meiner Schwester, die in Kamerun lebt. Sie fragte mich: „Was machst du?" Ich sagte: „Ich liege auf meinem Sofa." Sofort hat sie mich darauf aufmerksam gemacht und gesagt: „Ich liege auf dem Sofa hätte auch gereicht."

Um mir nebenbei etwas Geld zu verdienen, habe ich in Düsseldorf, unter anderem, in einer Fabrik gearbeitet, in der Klopapier, Taschentücher und solche Sachen produziert wurden. Diese

Arbeit war nicht anders als andere Lagertätigkeiten, die ich ausgeübt habe. Aber meine kleine Schwester in Kamerun hat mich immer ein bisschen damit aufgezogen, dass ich mit Klopapier arbeite und dass es sich so anhört, als würde ich auf der Toilette arbeiten, und wir mussten darüber lachen.

Ich würde meinen, die meisten von uns Kamerunern oder sogar Afrikanern, die zum Studieren ins Ausland gehen, verlassen ihre Länder so ungefähr mit 19 Jahren. Davor hat eigentlich keiner von uns wirklich gejobbt, denn die Eltern haben sich um uns gekümmert. Was viele schon mal gemacht haben, ist ihre Eltern auf dem Markt zu unterstützen. Also etwas verkaufen. Ich, für meinen Teil musste nicht wirklich jobben. Mit „müssen» meine ich, dass das Geld zu Hause gereicht hat. Wir waren nicht reich. Vieles konnten wir uns nicht leisten. Tennis- oder Schwimmkurse zum Beispiel nicht, jedoch haben wir ein würdiges Leben geführt. In manchen Sommerferien schickte uns mein Vater auch auf den Markt, um mal Spielzeuge oder Obst zu verkaufen. Das war auch nur, damit wir lernen, dass wir auch bereit sein sollen, so etwas zu machen, falls es hart auf hart kommt. Ich mochte das nicht. Ich dachte, das wäre erniedrigend. Ich habe es mitmachen müssen, aber im Gegensatz zu meiner kleinen Schwester habe ich die Ware liegen gelassen und bin kurz weggegangen, wenn ein Schüler aus meinem Gymnasium in Sicht war. „Ah, mir egal" habe ich gedacht. Das war die Pubertät. Auch meine Mutter verkauft Second-Hand Kleidung auf dem Markt. Als kleine Mädchen liebten wir es, mit ihr auf den Markt zu gehen. Denn wir konnten uns die schönen Kleidungsstücke angucken. Aber als ich in die Pubertät kam, fand ich das peinlich.

Meine Lebensumstände im Deutschland haben mir eine gute Ladung Bescheidenheit verpasst. Seitdem ich in Deutschland lebe, bin ich bereit, fast alle Arten von Jobs anzunehmen, weil ich mich selbst versorgen muss. Ich habe im Produktionslager, in Restaurantküchen, als Kassiererin, als Inventurhelferin, an der Uni, als Putzfrau usw. gearbeitet. Und käme es hart auf hart, wäre ich bereit, das auch in meinem Land zu machen.

Ich habe in Düsseldorf viel als Putzfrau gearbeitet. Ich war bei einer Agentur angemeldet, die Aufträge online stellte. Man musste sich beeilen, damit sie einem nicht von jemand anderem weggeschnappt wurden. Ich habe es gemocht, bei unverheirateten Männern zu putzen, denn sie haben auch Trinkgeld gegeben. Frauen sind geizig. Ich bin nicht viel anders. Ich habe Jahre lang gar kein Trinkgeld im Restaurant gegeben. Meine Freundin Nora hat mir immer wieder gesagt: „Ah Marcelle, das ist peinlich. Gib doch was für den Service. Es ist so in Deutschland. Es gehört einfach dazu." Und mein Gegenargument war immer: „Die kriegen doch schon ihren Lohn für diese Arbeit. Ich habe auch als Kellnerin gearbeitet. Ich habe mir Trinkgeld auch gewünscht, aber es nicht für selbstverständlich gehalten." Ich habe bei einem deutschen Paar ein paar Mal geputzt. Einmal hat mich die Frau bezahlen wollen und hatte kein Kleingeld dabei. Sie hat mir einen Schein gegeben und ich musste ihr zwei Wochen später die übrigen 50 Cent zurückgeben! Ich habe auch gedacht: „Was für ein Geier!"

Aber realistisch gesehen ist das ihr Geld und ich kann nicht Verlangen oder erwarten, dass sie es mir gibt.

Die Arbeit als Putzfrau fand ich interessant. Dadurch, dass ich bei verschiedenen Menschen arbeitete, hatte ich ab und an interessante Gespräche mit ihnen und hörte mir gerne ihre Meinung über verschiedene Themen wie Arbeit, Ausländer,

Flüchtlinge, Integration, DDR-Zeit, und manchmal sogar über den Krieg an. Ich habe bei einem Paar geputzt, die beide Mitte des zweiten Weltkriegs geboren wurden. Sie hatten beeindruckende, aber auch traurige Geschichten zu erzählen. Sie waren sehr beeindruckt, dass ich Medizinphysik studierte. Sie waren nett, aber hatten hohen Redebedarf. Vor allem die Frau hat mich oft während meiner Arbeit angesprochen. Der Mann war ein bisschen krank und anscheinend passierte es ihm manchmal, dass er das Gefühl in den Beinen verlor und einfach zusammensackte. Und an den Tagen, wo ich dort geputzt habe, habe ich gebetet, dass es nicht passiert. Ich wollte mich in so einer Situation einfach nicht befinden. Einmal, als ich mit der Frau über Flüchtlinge redete, sagte sie mir, dass man den Leuten helfen soll. Sie wäre damals nach der Wende vom Osten zum Westen mit ihrer Familie gezogen und wisse, wie sich das anfühlt. Aber wartet! Sie meinte zu mir: „Man soll ihnen schon helfen, aber nur den Frauen und den Kindern. Diese arabischen Männer… Ich habe Angst um unsere jungen deutschen Mädchen" So das lasse ich zunächst lieber unkommentiert.

Mein erster Auftrag als Putzfrau fand bei einem wohlhabenden Paar, geschätzt Anfang 50, statt. In dem Auftrag stand nur der Name des Herrn, weshalb ich erst davon ausging, dass ich bei einem alleinstehenden Mann putzen würde. Mein Überlebensinstinkt zwang mich, seine Adresse an ein paar Bekannte weiterzugeben – für den Fall der Fälle. Ich kam an. Ein Paar erwartete mich. Sie zeigten mir, wo die Putzmittel zu finden waren. Sie ließen mir einen 5-Euro-Schein als Trinkgeld unter einem Glass Wasser und verließen das Haus. Sie haben mir erklärt, wie ich die Tür zuzumachen hatte, wenn ich fertig war. Sie hatten eine schön dekorierte Wohnung und besaßen sogar Spielautomaten, solche, wie man sie in den Casinos sieht, in ihrer Küche. Kennt ihr dieses Gefühl, wenn man bei solchen reichen Menschen ist und sich einfach nicht traut, etwas anzufassen? Aber ich musste ja putzen! Also machte ich mich ans Werk. Als ich die Dusche putzten musste, bemerkte ich auf einem Glasregal eine Sammlung von ziemlich teuren Parfums. Ach du je! Was, wenn ich sie anfassen und dabei eines kaputtgehen würde? Mit diesem Gedanken im Kopf entschied ich, dieses Glasregal nicht zu putzen. Ich bewegte mich weiter ins Wohnzimmer. Beim Putzen bemerkte ich unter dem Tisch eine Box mit Nagellacken und daneben eine

Schüssel Schoko-Bons. Mir lief das Wasser im Mund zusammen. Und ich aß einfach drei davon, ohne zu überlegen. Aber dann bekam ich ein schlechtes Gewissen. Oh, man! Was hatte ich da angestellt? Als ehrlicher Mensch schrieb ich noch eine Notiz, dass ich drei Schoko-Bons gegessen habe. Ein Mist! Das hätten sie bestimmt nicht mal gemerkt.

Normalerweise bekam man nach der Arbeit ein paar Tage später sein Geld, nachdem der Kunde dem Auftraggeber sein OK gegeben hat. Dieses Paar hat der Firma berichtet, dass ich 3 Schoko-Bons gegessen habe!! Dass ich zwar ehrlicherweise Bescheid gegeben habe, aber so etwas ginge einfach nicht. Sie haben vermerkt, dass ich das Parfümregal nicht geputzt habe, und es gäbe im Flur ein paar Fussel, die da nichts zu suchen hätten. Sie haben aus diesen Gründen nur die Hälfte des vorher festgemachten Preises bezahlen wollen. Und so bekam ich ungefähr 8,50 Euro für zwei Stunden Arbeit. Aber Lektion gelernt! Dies ist mir in meiner Putzfrau-Laufbahn nie wieder passiert. 😊.

Meine beste Erfahrung als Putzfrau begann, als ich Boris kennen lernte. Boris ist ein netter, sympathischer, intelligenter und hübscher Künstler Mitte 50. Ich kam an und irgendwie entstand direkt eine besondere Chemie zwischen uns. Wir haben uns vorgestellt. Ich machte mich an die Arbeit. Einmal pro Woche für zwei Stunden. Er hatte eine große Wohnung und ich allein entschied, was und wo ich jedes Mal putzen wollte. Er war der erste, bei dem ich gearbeitet habe, der mir erlaubte, aus seinem Kühlschrank zu nehmen und zu essen, was immer ich wollte. Wenn ich mal nach der Uni müde war, habe ich mich erst 20 Minuten auf seinem Sofa schlafen gelegt, ehe ich mit der Arbeit anfing. Wir tranken oft Rotwein zusammen oder spielten Schach, wobei er bei diesem Spiel einfach zu gut war. Manchmal, wenn er seine Einkäufe erledigte, kaufte er mir auch mal Klopapier oder Spülmittel. Ich war ihm dankbar. Er hatte Ahnung vom Studentenleben, denn dies war er früher ebenfalls gewesen. Wir redeten gerne über die Liebe, Flüchtlinge, Immigration, Ausbildung, Familie und manchmal Kunst. Er zeigte mir auch oft seine Arbeit.

Dennoch als Ratschlag für alle Mädels *out there*, die als Putzfrau jobben: Immer die Adresse, wo ihr putzen geht, zumindest einer weiteren Person geben für alle Fälle. Es kommt schon mal vor, dass man bei einem betrunkenen Mann putzen geht. Ladys, habt euer Pfefferspray bei euch und bleibt wachsam. Macht einfach und nur das, wofür ihr bezahlt werdet, sonst passieren euch solche Sachen wie mir mit den Schoko-Bons.

Während meines Werdegangs in Deutschland habe ich immer wieder lustige Situationen erlebt, die ich gerne erzähle. Wie zum Beispiel diese, in der ich in H&M runtergefallen bin. Ich kam gerade auf der Rolltreppe im Untergeschoss an, als ich merkte, dass ich im Obergeschoss noch etwas holen wollte. Ich dachte mir, ich nehme einfach schnell genau dieselbe Treppe und kämpfe mich in die entgegengesetzte Richtung hoch. Zum einem habe ich mich richtig zum Narren gemacht und zum zweiten bin ich irgendwann in der Mitte der Treppe einfach hingefallen und habe mir am Schienbein wehgetan. Die Blicke der anderen Kunden im Laden schienen zu sagen: „Oh, das kleine arme Flüchtlingsmädchen. Sie weiß noch nicht einmal, wie eine Rolltreppe funktioniert." Ich habe dann, was ich von Anfang schon hätte machen sollen, die Rolltreppe auf der anderen Seite genommen. Durch die Schmerzen hatte ich sogar vergessen, was ich oben holen wollte. Ich habe einfach schnell irgendein Kleidungsstück und Ohrringe gegriffen und ging dann in eine

114

Kabine, um mir das Bein zu massieren. Ich bin in der Kabine so lange geblieben, bis ich annahm, dass alle, die mich gesehen hatten, den Laden bereits verlassen hatten. Die Ohrringe habe ich noch gekauft und bin so schnell wie möglich aus dem Laden rausgegangen. Noch heute, wenn ich sie trage, denke ich lachend an mein Schienbein.

Mein Studentenleben in Düsseldorf war sehr schön. Zwischen dem Salsa-Kurs für Anfänger, einem Zumba-Kurs, dem Chillen und Essen mit Kamerunern oder Freunden anderer Kulturen, den Grillparties, der KHG und meinen ehrenamtlichen Tätigkeiten fand ich immer Zeit, mich in die Bibliothek zu setzten und *power learning* zu betreiben. Ich saß manchmal bis zu zehn Stunden dort. Natürlich habe ich ständig kleinere Pausen gemacht, aber Dinge durchziehen konnte ich. In der Bibliothek war es verboten, zu essen. Nicht mal Bonbons durfte man dort naschen, obwohl man dieses Nervenfutter doch so dringend braucht, wenn man dort lange sitzt.

Weil das aber verboten war, haben die Studenten oft geschmuggelt und Kleinigkeiten in die Leseräume genommen. Was für ein Stress! Denn das Security-Personal ist ja ständig dort herumgelaufen und man musste genau die perfekte

Sekunde erwischen, um sich etwas in den Mund zu schieben. Ich habe manchmal meine Bonbons in meiner Laptoptasche versteckt und ich bin reingekommen *like a boss. It felt as if I cracked the System.*

Das Lustige ist, dass ich mich tatsächlich ein bisschen wie eine Verbrecherin mit meinem Kaubonbon im Mund gefühlt habe. Dabei gab es noch krassere Studenten! Hat man in den Mülleimer in den Leseräumen geguckt, konnte man sehen, dass manche dort sogar belegte Brötchen gegessen haben!!!

Irgendwann mal war ich fertig mit all meinen Modulen und musste einen Platz für die Masterarbeit suchen. Das war keine leichte Sache. Ich wollte sie nicht an der Uni schreiben. Ich hatte meine Bachelorarbeit schon an der Uni geschrieben und wollte Erfahrungen mit Kliniken oder Firmen machen. Ich schrieb also ein paar Kliniken an, bekam aber keine positiven Rückmeldungen. Selbst an der Uniklinik der eigenen Uni stand ich mehr als ein Semester auf der Warteliste.

Zum Glück hatte meine Freundin Nora schon ein Thema für ihre Masterarbeit an dem Helios Klinikum Wuppertal bekommen. Und weil sie wusste, dass ich noch auf der Suche war, fragte sie ihren Betreuer dort, ob er noch ein Thema zu vergeben hätte. Bam! Es klappte! Unserem Betreuer dort haben wir viel zu verdanken. Er nahm sich so viel Zeit für uns, wie ihm möglich war. Er setzte sich zu uns und erklärte uns Zusammenhänge, die wir selbst noch nicht begriffen hatten. Ihm bin ich besonders dankbar, weil er mir beigebracht hat, wissenschaftliche Arbeiten strukturierter zu schreiben. Er hatte irgendwie auch einige väterliche Züge. Auf jeden Fall haben wir die Zeit bei ihm genossen und für unsere Ausbildung gut eingesetzt.

Drei Monate nach dem Start meiner Masterarbeit gönnte ich mir meine erste Reise nach Kamerun. Ja, nach fünf Jahren, hatte ich endlich so viel Geld in den Sommern angespart, dass ich mir vier Wochen Urlaub zu Hause leisten konnte.

Das Geld hatte ich mir aus meinem Job bei DHL, bei zwei anderen Logistik-Firmen in Langenfeld und bei einer Firma in Solingen erarbeitet. Der Job bei DHL war Logistikarbeit. Man musste Sachen aus den Regalen holen und sie zum Verpacken schicken. Das Problem war nur, dass eine große körperliche Leistung erwartet wurde. Man musste so schnell zwischen den Regalen walzen, dass ich Knieschmerzen bekam. Oft habe ich mich freitags krankgemeldet. Da ich von einer Leihfirma eingestellt wurde, bekam ich eh nur das Geld für die Stunden, die ich tatsächlich gearbeitet hatte. Irgendwann ging ich zur Arbeit, um zu kündigen. Gleich als ich ankam, sagte der Chef zu mir, ich könne gleich nach Hause gehen. Sie bräuchten keine Menschen, die jeden Freitag krank seien. Ich erwiderte, dass mir dies entgegenkomme, da ich sowieso kündigen wolle. Gleich danach hatte mir meine Leihfirma eine andere Stelle angeboten.

Später habe ich sogar in einer Firma gejobbt, die forensisches Material herstellte. Das fand ich *fancy*. Da hatte ich das Gefühl, Teil von etwas Heimlichen zu sein. Das war natürlich stinknormale Lagerarbeit mit dem Unterschied, dass wir Mundschutz und weitere Schutzausrüstung trugen und dort hauptsächlich die bereits verpackten forensischen Materialien sortiert haben. Dort hatte ich leider nur ein befristetes Arbeitsverhältnis von zweieinhalb Wochen gehabt. Ich hätte dort gerne länger gearbeitet. Es war angenehm, es war nicht zu weit weg von Düsseldorf und es wurde gut bezahlt. Leider brauchten sie keine Aushilfe mehr. Bei einer weiteren Logistik-Firma, wo ich danach arbeitete, hatte ich viel Spaß. Wir waren ungefähr zehn Mädchen aus Afrika und ein oder zwei Mädchen aus Europa oder Asien. Wir hatten Spaß ohne Ende. Lachen, großartige Geschichten, schöne und laute Musik bei der Arbeit. So hat man gar nicht bemerkt, wie die Zeit verging. Zum Glück haben die Chefs dort die Augen bei unserem Lärm zugedrückt. Auch ein Zeichen, dass sie mit unserer Arbeit zufrieden waren. Laute, aber schnelle und effektive Ladys.

Langsam rückte der Tag der Abreise nach Kamerun näher. Ich war so aufgeregt, meine liebe kleine Schwester wiederzusehen, sie in die Arme zu nehmen, mit ihr den ganzen Tag zu quatschen und zu lachen und auch über ernste Lebensthemen zu reden, meine liebe starke Mutti, meine Cousins, meine Freunde und viele mehr wiederzusehen. Während meiner ganzen Hinreise hatte ich einen schnellen Herzschlag, so ungeduldig und aufgeregt war ich. Ich hatte einen Stopp in Addis Abeba. Diese drei Stunden kamen mir wie eine halbe Ewigkeit vor. Dann hatte ich aus irgendeinem Grund noch einen Stopp in Gabun und ungefähr eineinhalb Stunden später war ich endlich in Kamerun, *ma chère patrie*. Ich kam an einem Nachmittag in Douala an. Ich wurde von meiner Mutter und einem ihrer Brüder abgeholt.

Bei meiner Mutter angekommen, wurde ich sofort mit sehr viel Essen empfangen. Ja! So gehört sich eine Rückkehr in die Heimat! Ambitioniert wie ich bin, hatte ich mir für die vier Wochen drei Dinge vorgenommen. Ich wollte an der Jahrestagung der kamerunischen Gesellschaft für Physiker teilnehmen und meine Bachelorarbeit dort vorstellen. Ich wollte mir einen Blick in die Strahlentherapie in Kamerun verschaffen und ich wollte die Zeit genießen.

Das erste fand schon am Tag nach meiner Ankunft statt. Ich bin also um 14 Uhr in Douala angekommen, habe mich bei Mutti sattgegessen, meinen Koffer gepackt und saß um 17 Uhr in dem Bus nach Yaoundé. Ich erinnere mich, dass mein Koffer schwer war, gefüllt mit Sachen für eineinhalb Wochen: Kleidung, Kosmetik, *lady stuff*, Essen von der Mutti und die ganzen Geschenke für meine Familie in Yaounde. Außer der Tatsache, dass ich kaputt und müde war, verlief diese Reise sehr schön. Am Busbahnhof traf ich einen alten Freund von mir, mit dem ich in Dschang groß geworden bin. Wir haben uns gefreut, uns wieder zu sehen, wir haben gequatscht und ich war sehr froh, aber nicht überrascht, zu sehen, dass ein erfolgreicher Informatiker aus ihm geworden ist. Ich kam gegen 23 Uhr an und wurde von meinem Vater, seinem Kumpel und meiner Schwester Carmen abgeholt. Ich habe mit meinem Vater in der Familie seines Freundes übernachtet. Als wir angekommen sind, habe ich das Essen von meiner Mutter erwärmt und mit der Familie verzehrt. Am nächsten Tag sollte ich um 13 Uhr mit meiner Präsentation auf der Tagung beginnen. Ich bin also nach dem Essen sofort ins Bett gegangen und war am nächsten Tag um 5 Uhr morgens wieder wach und habe meinen Vortrag geübt, geduscht, mich hübsch gemacht – ich war bereit. Aufgeregt, aber bereit etwas zu leisten. Als ich auf der Tagung ankam, war ich so froh, viele alte Kommilitonen zu treffen. Die meisten von ihnen waren Doktoranden oder arbeiteten schon und ich saß noch im Masterstudium... Das lag daran, dass ich nach dem Abi erst drei Jahre an der kamerunischen Uni verbracht und in meinen Augen vertrödelt hatte, ehe ich nach Deutschland kam und dort die Uni besuchte. Jeder geht seinen Weg im Leben. Ich bin sehr froh, diesen Weg gegangen zu sein und sehr stolz auf meine Ausbildung. Ich hatte eine schöne Präsentation gemacht und einige Fragen beantwortet. Ich war sehr happy. Aber trotz der Freude und der Aufregung war ich immer noch sehr müde. Anschließend sind mein Vater, meine Schwester und ein paar weitere Teilnehmer der Konferenz in das Restaurant *Kitoko* gegangen, wo uns frischer gegrillter Fisch serviert wurde. Ich bin jedoch irgendwann einfach eingenickt. Mein erstes Ziel, welches ich mir für die Kamerun-Reise vorgenommen hatte, war erfüllt.

Für den Rest meiner Zeit in Kamerun wohnte ich bei meiner Schwester. In ihrem schönen Studentenzimmer haben wir über tausend Sachen gequatscht und gelacht. Meine Schwester - *she is my everything*. Meine Schwester war während meines Aufenthalts in der Prüfungsphase, also habe ich auch vieles ohne sie unternommen. Sie ist Juristin. Sie ist so ein Arbeitstier, wenn es ums Studium geht. Sie war die zweitbeste ihres Jahrgangs am Ende ihres Studiums. Sie hat leider erst zwei Jahren nach ihrem Studium eine passende Stelle gefunden. Mittlerweile ist sie die Mutter eines kleinen süßen Sohnes, Raphael Seth Tchitnga, *mon petit papa*.

Als sie mit ihrem Master-Studium an der Université catholique d'Arique centrale (UCA) begann, wurde den Studenten versprochen, dass den fünf Jahrgangsbesten die Chance gegeben wird, bei Bewerbungsgesprächen mit bestimmten Firmen, die in Kooperation mit der UCA standen, teilzunehmen. Am Ende des Studiums bekamen nicht die Besten, wie anfangs versprochen, diese Möglichkeit, sondern Absolventen mit Vitamin B. Kamerun, Kamerun mein schönes Land! Meine Schwester wurde von ihrer Uni nicht auf die Liste gesetzt.

Während des Urlaubs in Kamerun war ich viel unterwegs, viel zu viel. Meine Eltern machten sich ein bisschen Sorgen. Aber ich sagten ihnen: „Lasst mich das alles genießen. Ich habe es vermisst. I want it all. Beim nächsten Mal, wenn ich wieder hier bin, bin ich sicherlich deutlich ruhiger" Und tatsächlich war ich bei meinen nächsten Reisen viel ruhiger, habe mich erholt und war viel zuhause.

Auf jeden Fall war ich während meiner ersten Reise in Kamerun ständig unterwegs. Zufällig bin ich in eine WhatsApp Gruppe von Kamerunern aus Deutschland geraten, die gerade auch Urlaub in Kamerun machten. Wir haben viel zusammen unternommen. Ich bin gereist, habe Freunde und Familie besucht, war in Discos, in Restaurants, auf Konzerten usw. Aus Nostalgie bin ich wieder in die kleinen günstigen Studenten-Restaurants, die wir *tourne dos* nennen, gegangen und habe mich köstlich satt gegessen. Ich musste unterwegs sein. Mein Adrenalinspiegel spielte verrückt mit mir.

Auch machte ich eine Reise nach Dschang. In dieser Stadt habe ich das Gymnasium besucht und mein Vater dozierte an der Uni dort. Ich habe da bei Freunden oder großen Brüdern übernachtet. Es fällt mir manchmal schwer, Deutschen meine Beziehung zu anderen Afrikanern zu erklären. Denn in Kamerun wird oft jemand großer Bruder, Schwester, Onkel, Mutti, Neffe usw. genannt, auch wenn keine konkrete Blutsverwandtschaft besteht. Viele Menschen in meinem Leben, die ich als große Brüder oder Onkel bezeichne, sind Freunde der Familie oder ehemalige Studenten meines Vaters, die sich aber immer so verhalten haben, als ob sie einfach quasi zur Familie gehören. Ist so. In Kamerun nennt man auch keine deutlich älteren Menschen bloß bei ihrem Vornamen. Die Mutter einer Freundin, die zum Beispiel Christine heißt, würde ich *Mama Christine* nennen. Und wenn man jetzt keine intime oder emotionale Beziehung zu dem Menschen wünscht, würde man *Madame* vor ihrem Namen benutzen. Auf jeden Fall war ich bei diesen großen Brüdern von mir und habe ein bisschen im Haushalt mitgeholfen. Ich konnte nach fünf Jahren noch fast alle Haushaltsarbeiten mit bloßen Händen machen bis auf eine! Wäsche mit den Händen zu waschen!!! *What a struggle*! Es ist nicht so, dass ich das nicht machen kann. Selbst in Deutschland, wenn ich nicht viel Wäsche habe, wasche ich diese per Hand, aber doch nicht meinen ganzen Schrank! Ich musste die Kleidung von meinem Vater, die von den Kindern im Haus und meine eigene mit den Händen waschen. Als ob das allein nicht schwer genug wäre, hatte ich mir vor der Reise noch Fake-Fingernägel aufgesetzt. Kurzeitig hatte ich vergessen, dass diese harte Arbeit Normalität meiner ersten 20 Lebensjahren war. Ich habe sogar ein Foto von mir machen lassen. *Never forget where you come from.* Auf jeden Fall bin ich mit der Tätigkeit fertig geworden, habe die Wäsche aufgehängt, geduscht und bin an der Uni spazieren gegangen. Abends kam ich müde von meiner Nichtstuerei nach Hause und was höre ich? Ein paar Kleidungstücke sind wegen des Windes nass auf den Boden gefallen! Verflixt!!! Ich musste sie wieder waschen.

Dschang ist eine Stadt in West-Kamerun. Mit Temperaturen, die sich im Verlauf des Jahres zwischen 14°C und 27°C bewegen, gehört sie somit zu den kalten Städten des Landes. Ja, 17°C waren für mich damals höllisch kalt. Zur Schule gingen wir mit Schal, Pulli und steckten die zu Fäusten geballten Hände in die Hosentaschen oder in die Ärmel unserer Pullis. Die einzigen Minusgrade, die ich damals kannte, waren die von dem Tiefkühlschrank und die in den Physikübungen. Einen realen Bezug zu Minus-Temperaturen habe ich erst in Deutschland erlebt. Während meines ersten Winters in Deutschland hatten wir um die -8° in Gießen - und ich dachte, das ist mein Ende. Aber mit den Jahren, konnte ich es allmählich immer besser aushalten. Wobei ich glaube, dass man sich nie wirklich an die Kälte „gewöhnen" kann. Kalt ist halt kalt. Kalt zieht. Kalt ist unangenehm.

Während meines Urlaubs konnte ich tatsächlich einen Einblick in die Strahlentherapie in Kamerun werfen. Bevor ich von dieser Erfahrung berichte, möchte ich erzählen, wie ich überhaupt auf diese Idee gekommen bin.

2015 habe ich ein Praktikum am Uniklinikum Würzburg gemacht. Dort arbeitete ein junger deutscher Mann, mit dem ich nach dem Praktikum Kontakt bewahrt habe. Irgendwann in demselben Jahr schrieb er mir und fragte mich, ob ich die Organisation MEPHIDA (Medical Physicists in Diaspora for Africa) kenne. Ich verneinte. Er gab mir den Kontakt des Gründers. Das Konzept ist stark. Es sprach mich sofort an und ich bin im selben Jahr dieser Organisation noch beigetreten. Das ist eine Organisation, bestehend aus Menschen verschiedener Berufsrichtungen, die alle zusammen das Ziel haben, die Krebsbehandlungen in Afrika zu verbessern. Eine der Tätigkeiten besteht darin, den Beruf des Medizinphysikers in Afrika bekannter zu machen. Wir spenden auch Arbeitsmaterial zu Krankenhäusern in Afrika, begleiten Einrichtungen vor Ort, die Gründungen von Strahlentherapien planen oder suchen Kooperationen zwischen Universitäten vor Ort und überall auf der Welt. Ab meinem Eintritt in diese Organisation habe ich mir gedacht, dass, wenn ich schon nach Kamerun fliege, ich die Möglichkeit ausnutzen möchte, um was Nützliches für mein Land zu machen.

Von Deutschland aus habe ich vier Krankenhäuser angeschrieben und um Erlaubnis gebeten, mir einen Einblick in die Krebsbehandlung bei ihnen zu geben, sodass ich mir einen Überblick über die Situation in Kamerun verschaffen kann. Das war keine einfache Sache. Kamerun ist noch nicht so digitalisiert wie Deutschland. Auf den Webseiten der Krankenhäuser findet man nicht unbedingt detaillierte Informationen, geschweige von Tausenden von E-Mails ohne Rückmeldung, die man schreibt. Man muss also immer eine Kontaktperson vor Ort haben, die dort quasi direkt an den Türen klopft. Ich könnte hier gar nicht tief genug in die Details gehen hinsichtlich der E-Mails, die untergetaucht sind und alles was nicht glatt gelaufen ist. Auf jeden Fall habe ich es schließlich organisieren können und konnte dort sein und mir einen Überblick von der Situation verschaffen. Zwei Krankenhäuser mit Strahlentherapie für eine Bevölkerung von mehr als 22 Millionen Menschen. Krebs wird hauptsächlich mit Operationen und/oder Chemotherapie therapiert. Die Patienten, die eine Strahlentherapie verordnet bekommen, müssen dann entweder nach Yaoundé oder Douala fahren. Die Geräte dort sind Telekobaltgeräte. Ich hatte die Möglichkeit, mir eines dieser Geräte in Yaoundé anzugucken.

Eine kleine Anekdote, um die Verbindungen zwischen meinem Land und Deutschland hervorzuheben: Ich war in Kamerun in einem Krankenhaus in der Röntgendiagnostik und das Röntgengerät, das sie benutzten, war von einem deutschen Hersteller. An einem Tag gab es eine Panne und zwei kamerunische Medizintechniker, die für diese Firma in Kamerun arbeiteten, waren vor Ort und telefonierten mit ihren deutschen Kollegen. Später erfuhr ich weiter, dass sie beide ebenfalls in Deutschland studiert hatten.

Der wichtigste Abschnitt in dieser Entdeckungsreise war eine Woche am Mbingo Hospital im Nordwesten von Kamerun. Dort waren meine E-Mails angekommen und ich hatte Rückmeldungen von dem Personal dort bekommen, dass ich diese Reise planen konnte. Ich wurde in dem Personal-Wohnheim einquartiert - auf dem Campus des Krankenhauses.

Da meine Absicht darin bestand, mir einen groben Eindruck zu verschaffen, hatte ich keine großen Anforderungen an dieses „Praktikum" Ich wollte ein bisschen von allem sehen. Meistens begleitete ich das Team der Röntgendiagnostik. Ich traf den medizinischen Direktor des Krankenhauses und erzählte ihm von MEPHIDA. Ich beschrieb ihm, was wir machen und wo wir unterstützen können, falls sie mal eine Strahlentherapieeinheit aufbauen wollten. Das war ein schönes, interessantes und aufregendes Gespräch, welches er sehr positiv aufnahm, denn sie dachten schon seit einer Weile daran, eine Strahlentherapieeinheit aufzumachen.

Ein Kontakt ist entstanden und damit der Beginn eines neuen Projektes. Als ich wieder zurück in Deutschland war, habe ich diese Information mit MEPHIDA geteilt und seitdem wird an einem Projekt zur Eröffnung einer Strahlentherapieeinheit im Mbingo gearbeitet. Das Projekt geht zäh voran, aber es geht voran. Hoffentlich habe ich hiermit euer Interesse geweckt, mehr über uns zu erfahren und vielleicht unsere Projekte zu unterstützen. Unser Konzept ist stark. Überzeugt euch selbst auf www.mephida.com.

In Großen und Ganzen verlief meine Reise durch Kamerun fantastisch. Ich habe es bis zu den letzten Minuten genossen. Mit einem schweren Herz trennte ich mich von meiner Schwester, die mir später erzählte, wie sie geweint hatte, als ich weg war. Sie hat zu mir gesagt: „Ich saß in dem Taxi und habe mich gefragt, mit wem wohl werde ich noch so offen reden und lachen können?" Und wehmütig dachte ich: „Genauso geht es mir, Schwesterherz"

Ja, denn bereits im Flugzeug auf dem Weg zurück nach Deutschland verspürte ich Heimweh. Die Tränen flossen mir lautlos über die Wangen. Obwohl ich in Deutschland viele Freunde und Familie habe, und mich dort eigentlich nicht allein fühlen brauche, fühlte ich mich am ersten Tag meiner Rückkehr sehr einsam. Ich könnte es nicht mal in Worte fassen. Es fühlte sich wie eine Aura von Traurigkeit an, die mich umhüllte. Ich war in meinem schönen Studentenzimmer und fühlte mich einfach allein, obwohl alle meine üblichen kamerunischen Homies in den Zimmern nebenan waren. Ich fühlte einfach einen Unterschied. Diese Wärme von zu Hause - *it was gone*. Aber gut, das Leben ist nichts für Jammerlappen.

Nach meiner Reise in meine Heimat fühlte ich mich stark, voller Motivation, leistungsvoll, lebensfreudig und ich hatte Lust, Gas zu geben. Ja, man tankt viel Energie, wenn man zurück zu seinem Ursprung geht.

Ich war nach meiner Rückkehr hauptsächlich mit meiner Masterarbeit beschäftigt. Das bedeutete auch viel Zeit mit Nora zu verbringen. Wir schrieben unsere Arbeiten ja bei demselben Betreuer. Die Zeit mit ihr schätze ich sehr. Wir lachten viel miteinander, konnten aber auch über ernste Themen reden, unterstützten uns fachlich gegenseitig und vor allem stärkten wir uns gegenseitig nach meinem Empfinden mit unseren verschiedenen Kulturen und Visionen von der Welt.

Während der Masterarbeit machte ich mir schon langsam Gedanken über das Berufsleben und somit fing ich bereits frühzeitig mit Bewerbungen an. Ausländische Studenten bekommen nach dem Studium achtzehn Monate Zeit, einen Job zu finden, sonst müssen wir Deutschland verlassen. Obwohl ich denke, dass achtzehn Monate genug sein sollten, um eine Stelle zu finden, gibt es immer wieder Leute, die sich in dieser Situation befinden. Manche lassen sich abschieben, andere nehmen Anwälte, kämpfen bis zum Ende und dürfen dann noch bleiben. Ich schrieb ungefähr neuen oder zehn Bewerbungen, sowohl initiativ als auch auf Stellenangebote. Auf die meisten Bewerbungen bekam ich Absagen. Ich stand auf zwei „Wartelisten" und ich bekam eine Einladung zu einem Gespräch. Das Gespräch lief meiner Meinung nach sehr gut. Nach dem Gespräch haben wir einen Termin gemacht, damit ich zum Hospitieren komme. Ich habe mich riesig gefreut und die Nachricht natürlich mit meiner Familie geteilt. Einen Tag vor meiner Reise packte ich meinen Koffer und - Gott weiß warum – checkte ich meine E-Mails. In einer E-Mail stand etwas wie „Sehr geehrte Frau Tchitnga, es tut uns leid, wir stecken in einer Zwickmühle. Sie sind aus dem Bewerbungsprozess ausgeschieden. Sie brauchen morgen nicht zu kommen." Das hat mich so fertig gemacht! Ich habe mich die ganze Nacht bei meiner Schwester am Telefon ausgeheult. Dieser Vorfall hat meine Lebenseinstellung drastisch verändert. Seitdem versuche ich zu vermeiden, mich zu früh auf etwas zu freuen. Ich versuche auf das endgültige Ergebnis von Sachen zu warten, bevor ich darüber mit anderen rede. Na ja, ich kann es nicht genug wiederholen, ich bin ein gesegneter Mensch. Kaum vier Tage nach diesem Vorfall, schrieb mir eine Klinik, die eigentlich einen fachkundigen Medizinphysiker gesucht und mir bereits eine Absage gesendet hatten. Sie würden mich doch gerne zu einem Gespräch einladen. Sie würden, wenn alles gut liefe, mir einen zweijährigen Vertrag anbieten zur Vertretung einer Kollegin, die in Schwangerschaft ging. Somit könnte ich meine Sachkunde bei ihnen erwerben und am Ende der Zeit meine Qualifikation als Medizinphysikexpertin bekommen.

Die Einladung zum Vorstellungsgespräch in der Strahlenklinik des SRH Waldklinikum Gera habe ich gerne angenommen. Ein erster *Fauxpas* war, die Reise von Düsseldorf nach Gera mit dem FlixBus anzutreten. Neun Stunden waren wir unterwegs! Ich war kaputt und müde. Am Bahnhof Gera angekommen, musste ich mit der Straßenbahn bis zur Heinrichstraße fahren. Heinrichstraße ist die Zentralhaltestelle der Straßenbahnen und Busse in Gera. Als ich in die Straßenbahn steigen wollte, gab es eine Gruppe von Menschen, komplett dunkel gekleidet, die in der Straßenbahn standen und mich irgendwie mit ihren Blicken einschüchtern, bedrohen oder Ähnliches machen wollten. Das jagte mir etwas Angst ein. Ich stieg dennoch in die Bahn ein. Ich holte meinen 50-Euro-Schein heraus und wollte mir ein Ticket kaufen, aber der Fahrkartenautomat nahm einfach keine 50-Euro-Scheine an. Ich dachte nur, hoffentlich werde ich jetzt nicht kontrolliert. Denn ich führte damals noch ein Studentenleben. Sprich, ich hatte nicht viel Geld. Wenn ich 60 Euro als Strafe zahlen müsste, dann wäre es sehr bitter für mich. Glücklicherweise war die Heinrichstraße nur zwei Haltestellen weiter und es gab keine Kontrolle! Ich stieg aus dem Bus und stellte fest, dass der Bus, der mich zu meinem gebuchten Hotel führen sollte, erst in fast zwei Stunden kommen würde. Es war ein Sonntag, ein kalter Sonntag. Aber zum Glück ein verkaufsoffener Sonntag in Gera. Also konnte ich Gott sei Dank noch etwas Zeit in den Gera-Arkaden verbringen. Irgendwie fühlte ich mich nicht 100% wohl. Ich hatte das Gefühl, Leute starrten mich an, auf eine unangenehme Weise. Ich kaufte mir bei H&M einen schönen farbenfrohen Cardigan. Als meine Wartezeit vorbei war, stieg ich in den Bus 11 Richtung Weißig ein. Ich war ziemlich unruhig, denn ich wollte meine Haltestelle nicht verpassen. Der Busfahrer bemerkte dies und fragte mich, wohin ich wolle. Er hatte mir dann noch Bescheid gesagt, wann ich aussteigen sollte. Im Hotel angekommen, bin ich sofort ins Bett gefallen. Am nächsten Tag hatte ich erst um 15 Uhr das Gespräch, so dass ich mich am Morgen noch für das Gespräch vorbereiten konnte. Ich bin dann irgendwann in die Stadt gefahren, um mir was zu essen zu kaufen und mich dann auf den Weg zum Krankenhaus zu begeben. Ich bin aus Versehen zwei Haltestellen zu früh ausgestiegen und musste also den Weg zu Fuß beenden. Da habe ich verstanden, warum es WALD-Klinikum heißt. Geht man einmal auf diesen matschigen Wegen, versteht man schnell, was Wald heißt. An dem Informationstresen habe ich nach dem Weg zu der Strahlenklinik gefragt. Pünktlich angekommen, bin ich noch schnell auf die Toilette gegangen: Make-up gecheckt, Taschentücher unter die Achseln geklebt, Zähne geprüft, leichter Lippenstift, Frisur gecheckt. Dann habe ich mich in den Flur gesetzt. Genau um 15 Uhr habe ich an der Anmeldung gefragt, ob ich den Konferenzraum betreten dürfe, wo mein Gespräch später stattfinden würde. Ich wurde gebeten, noch etwas zu warten, denn dort fand noch eine tägliche Besprechung statt. Ich habe also gewartet und wurde später vom Chef-Physiker abgeholt. Bei dem Gespräch saßen noch zusätzlich die Chefärztin und einer vom Betriebsrat dabei. Das Gespräch war zwar angenehm, aber natürlich war ich nervös. All den unnötigen Mist, den ich über die Klinik-Geschichte oder deren Gründung gelesen hatte! Danach hat mich natürlich niemand im Gespräch gefragt. Nach dem Gespräch hat der Chef-Physiker einen Rundgang durch die Klinik mit mir gemacht. Am Ende hieß es, ich habe drei Tage Zeit, um meine Antwort zu geben.

Ich hatte nach dem Gespräch eine Mitfahrgelegenheit für die Strecke zurück nach Düsseldorf gebucht. Die Fahrerin und ihr Mann waren zwei nette Menschen. Wir haben uns schön unterhalten. Während der Fahrt habe ich ab und zu mal auf den Wegweiser geguckt und voller Überraschung fragte ich sie, warum oder wieso wir durch zwei Bundesländer fuhren. Sie sagten mir „Na, Sie waren doch in Gera. Das ist in Thüringen!" Ich habe gedacht „WAAASSSS? Thüringen? Ostdeutschland?" Ich dachte, Gera sei in Niedersachsen gewesen. Noch so ein *Fauxpas* von mir! Ich habe dann meinen sowohl deutschen als auch afrikanischen Freunden erzählt, dass ich eine Möglichkeit auf eine Stelle im Osten habe. 98% von denen haben mir davon abgeraten.

Ein paar von ihnen fragten: „Was?? Weil du nichts im Westen gefunden hast, oder was!?" Manche sagten: „Geh nicht hin. Das sind Rechtsradikale (AFD)" Andere meinten: „Vorsicht, die sind nicht an Ausländer gewöhnt. Dort wird es für dich anders sein." Und wieder andere: „Lass dich nicht klein kriegen und, wenn es dir zu heiß ist, komm einfach zurück." Ein paar afrikanische Freunde erzählten mir von ihren negativen Erfahrungen in Dresden, Ilmenau, oder Eisenach.

Ich hatte also genug Sorgen in Bezug auf die zu treffende Entscheidung. Sogar noch in Kamerun gab es kaum welche von uns, die sich in Ostdeutschland für ein Studium beworben haben. Die meisten gehen nach Westdeutschland. Naja, ich dachte mir, ich habe das Studium noch nicht mal ganz abschlossen und schon habe ich so eine Möglichkeit. Die werde ich nehmen. Ich sagte zu mir, wenn ich es nach drei Monaten nicht mehr aushalte, würde ich kündigen und nach einer Stelle im Westen suchen. Das war mein Plan.

So, nun hatte ich eine Stelle, doch vorher gab es noch einige Hürden mit meiner Aufenthaltsgenehmigung.

Ich befand mich also in einer weiteren spannenden Station meines Lebens zwischen Studiumsende und Arbeitsbeginn. Auf einmal bekam ich Panik und fing an, mich zu fragen, wie die Ausländerbehörde es wohl aufnehmen würde, dass ich zwei verschiedene Status habe. Leute sagten mir: „Nee, du bekommst deswegen kein Problem! Sie werden froh sein, jemanden zu haben, der sich bereits im Studium um eine Stelle gekümmert hat" Und ich weiß nicht warum, aber ich dachte nur: „Hoffentlich machen sie mir das Leben nicht schwer." Irgendwann war ich mal wieder in der KHG und habe dem Sozialarbeiter dort mein Herz ausgeschüttet. Er riet mir, mich mit Frau B. in Kontakt zu setzen. Sie sitzt an der Uni und ist für das Programm UNI2JOB zuständig. Sie helfen Studenten bei dem Übergang vom Studium zur Arbeit. Ich befolgte seinen Rat.

Diese Frau macht ihre Arbeit mit sehr viel Engagement. Sie sagte mir, sie werde eine E-Mail an eine ihrer Kontakte bei der Ausländer-Behörde schreiben, und fragen, was die rechtliche Prozedur in meinem Fall wäre. Ich habe dann alles wie empfohlen in Gang gesetzt und - wenn ich mich recht daran erinnere - ein weiteres Studenten-Visum bekommen für 120 Arbeitstage. Am Ende von diesem Visum müsste ich also mit meinem Studium fertig sein und eine blaue Karte bekommen. Diese Karte ist eine Arbeitserlaubnis für ausländische Fachkräfte in der EU. Nach den 120 Tagen war ich zwar fertig mit meinem Studium, hatte aber noch kein Abschlusszeugnis von meiner Uni bekommen. Ich bekam also eine dreimonatige Aufenthaltserlaubnis. Im Herbst 2017 bekam ich mein Masterzeugnis und konnte dann mein Visum verlängern. Ich hätte normalerweise eine Aufenthaltsgenehmigung von mindestens zwei Jahren bekommen sollen (Dauer meines Arbeitsvertrags), aber mein Reisepass war nur noch bis April 2018 gültig und so bekam ich auch nur bis zu diesem Zeitpunkt eine Aufenthaltserlaubnis. Ich habe dann bei der kamerunischen Botschaft einen neuen Reisepass beantragt. Normalerweise dauert es höchstens drei Monate, ehe man einen neuen bekommt. Aber dieses Mal hatte die Botschaft irgendwelche Probleme gehabt und alle, die in diesem Zeitraum einen neuen Pass beantragt hatten, mussten noch fast zwei weitere Monate auf ihre bestellten Pässe warten. Also bekam ich erneut eine dreimonatige Aufenthaltserlaubnis. Ich ging also wieder im Sommer 2018 zur Ausländerbehörde, um mein Visum zu verlängern und dieses Mal hatten sie Probleme mit ihrem Computer und konnten keine Dokumente ausgeben.

Das! Das war einfach zu viel. Ich brach zusammen und fing an zu weinen. Peinlich ja, aber es war einfach zu viel.

Einige Woche später bekam ich dann meine blaue Karte.

Bevor ich mein Leben in Gera weiter erzähle, erzähle ich zuerst eine Anekdote, die mir in Düsseldorf passiert ist.

Diese Geschichte ist mir passiert, als ich schon in Gera wohnte und für eine Woche zurück nach

Düsseldorf gefahren bin, um meine Masterarbeit abzugeben. In Gera hatte ich ja schon kurz vor Ende meines Studiums eine Stelle als Medizinphysikerin angenommen. Eine Woche vor meinem Abgabetermin nahm ich mir auf der Arbeit für eine Woche frei, fuhr nach Düsseldorf, um noch die letzten Tage durchzupowern und meine letzten Korrekturen zu machen. In dieser Woche bin ich jeden Tag in die Bibliothek gegangen. An einem Tag wollte ich in die Bibliothek und sie war zu meiner Überraschung zu. Es war scheinbar ein Feiertag in NRW. Ich fing schon an zu schwitzen, denn ich wollte diesen Tag nicht verschwenden und ich hatte noch jede Menge Korrekturen zu erledigen. Da sah ich einen der Wächter der Bibliothek, den ich oft beim Vorbeigehen höflich grüßte. Ich erklärte ihm die Dringlichkeit meiner Situation. Er sagte mir, dass er keinen reinlassen dürfe, weil, falls etwas passieren würde, er dafür verantwortlich sei. Ich schwor ihm, nichts anzufassen außer einen Stuhl und einen Tisch. Er ließ mich rein. Er hatte mir somit sechs Stunden Korrekturarbeit ermöglicht. Er sei gesegnet. *Be kind to one another*, wie Ellen Degeneres sagt, ist manchmal Gold wert.

Mein Vater hatte mir beim Umziehen nach Gera geholfen. Wir sind an einem Samstag fast fünf Stunden gefahren und kamen bei meiner neuen Adresse so gegen 5 Uhr am Nachmittag an. Es war seltsam… Die Art, wie uns die Leute auf der Straße anguckten, als wir meine Kartons hochtrugen. In dem Aufzug hat uns gleich eine junge Dame mit einem Lächeln freundlich gegrüßt und ich dachte: „Vielleicht wird es nicht so schlimm…". Ich hatte vier Tage Zeit, um meine kleinen Einkäufe zu erledigen, ehe ich mit meiner Stelle an einem Mittwoch anfing.

Ich fühlte mich seit meinem ersten Tag wohl auf der Arbeit. Es war mir wichtig, so professionell wie möglich zu erscheinen, um in meiner neuen Rolle möglichst ernst genommen zu werden. Daher versuchte ich, meine lustige lockere Art zunächst nicht zu stark zu zeigen. Ich versuchte aufzusaugen, was mir gezeigt wurde. Ich hatte viel Freude daran, neue Dinge zu lernen und habe mich nicht gefürchtet, neue Aufgaben zu erledigen. Das Beste an meiner Arbeitsstelle neben dem Fachlichen war die lustige und fröhliche Atmosphäre. Wirklich fast jeden Tag haben wir lauthals gelacht. Ich habe so ein breites Lächeln im Gesicht, während ich über meine Arbeit in Gera schreibe. Ich hatte Spaß sowohl mit den Physikern, MTRAs als auch mit den Ärzten.

Meine Arbeit hat mir geholfen, in Gera durchzuhalten. Denn ich habe irgendwie kein Leben in Gera gehabt. Außer auf der Arbeit, im Fitnessstudio und beim Tanzen habe ich keinen Anschluss gefunden. Ich habe mich in der Gesellschaft nicht wirklich integrieren können. Schade und frustrierend für mich, da ich mich eigentlich fast überall einlebe. Ich war also fast jedes Wochenende unterwegs oder weg von Gera. Ich fühlte mich nicht sehr wohl. Ich hatte das Gefühl, dass mich die Leute bedrohlich oder sogar erniedrigend anguckten. Dann gab es ein paar Vorfälle, die natürlich die Situation nicht verbessert haben. Ich habe mir bereits nach ein paar Wochen dort ein Pfefferspray angeschafft. Security first!

Einmal wurde ich von Kindern (ungefähr 11 Jahre alt) vor meinem Haus beschimpft.

Im Bus hat sich einmal ein Kind auf einen Platz gesetzt und seinen Rucksack auf den Platz neben sich gelegt. Eine junge Dame mit Kopftuch wollte sich dort hinsetzen. Das Kind sagte: „Nein, ich habe Rückenschmerzen." Kurz bevor es ausstieg, habe ich das Kind gefragt: „Jetzt, wo du zwei Plätze besetzt hattest, hast du weniger Rückenschmerzen?". Die Kinder um uns haben sich erst mal erschreckt. Sie hatten nicht damit gerechnet, dass ich Deutsch verstehe oder gar reden konnte. Ein anderes Kind hat dann gesagt: „Ha! ich hasse Flüchtlinge." Woher das kam, weiß ich nicht. Was an mir oder an der anderen Damen darauf hindeutete, dass wir Flüchtlinge waren, ist mir ein Rätsel. Man fragt sich nur, in welchen Haushalten solche Kinder groß werden. Das sind vielleicht welche, die nichts aus ihrem Leben machen und sich ständig beklagen, dass ihnen die Ausländer die Arbeit wegnehmen. Das Schöne an dieser Geschichte ist, dass ein weiterer Junge, der das Ganze miterlebt hat, gleich den Platz neben sich einer älteren Dame anbot.

Ein anderes Erlebnis: An der Haltstelle, zwei junge Mädchen, die abfällig das Wort „Ausländer" bei meinem Anblick murmelten.

Oder in der Notaufnahme, wenn ich reinkomme und einige Patienten flüstern: „Eine Schwarze, eine Schwarze kommt" Diese Situation war für mich ungewohnt im Vergleich zu meinem Leben im Westen. Jedoch finde ich so eine Situation nicht unbedingt schlimm. Denn manche Leute sagen so etwas nicht aus Bosheit, sondern nur, weil sie an Ausländer wirklich nicht gewohnt sind.

Einmal steige ich aus dem Bus aus und marschiere Richtung Straßenbahn. Ich überhole ein altes deutsches Paar und der Mann sagt: „Ahh, man kann ja nicht mehr in Ruhe hier spazieren gehen. Überall sieht man nur Schwarze! Nur noch Schwarze!"

Dann noch dieses eine Mal, wo mir in einer Schwimmhalle gesagt wurde, ich müsste mich mit Seife waschen, sonst müsste man mehr Chlor benutzen. Also diese Geschichte hier ist sehr komisch. Das war das erste und letzte Mal, dass ich wegen so einem Verhalten geweint habe. Also ich wollte zu einem Schwimmkurs, den ich jede Woche mit anderen Frauen besuchte. Bevor man ins Becken ging, duschte man sich ab oder machte sich zumindest nass. An diesem Tag betrat ich die Gemeinschaftsdusche. Da ich ein bisschen spät dran war, waren die meisten Frauen meines Kurses schon in dem Schwimmbecken, sodass sich in der Dusche nur eine von meinem Kurs befand und sonst hauptsächlich die Damen vom vorherigen Kurs. Auf einmal wurde ich von drei oder vier alten Damen des vorherigen Kurses umkreist. Sie fingen an wirres Zeug zu sagen, ich müsste mich zum Duschen auch ganz nackt machen wie die anderen. Warum denn nicht? Meinen schönen Körper kann man sich ja auch angucken? Das meinten sie, weil ich beim Duschen meine Bikini-Unterhose anhatte. Und dann sagten sie mir, dass ich mich mit Seife duschen solle, bevor ich ins Wasser gehe. Das Nassmachen reiche nicht. Man müsse meinetwegen sonst viel Chlor ins Wasser tun! Ich war verletzt, bin ruhig geblieben, bin zu meinem Kurs gegangen und am Ende des Kurses war ich bei der Studioleiterin und habe ihr weinend das Ganze erzählt. Ihr hat es sehr leidgetan und sie hat sich dafür bei mir entschuldigt. Sie sagte, das mit der Seife vor dem Beckenbetreten ist schon richtig, weil wir von unseren verschiedenen Alltags-Situationen kommen und schmutzig sind. Dann habe ich sie gefragt: „Und warum wurde die andere deutsche Dame von meinem Kurs nicht angesprochen, die sich genau vor unsere Augen auch nur nass gemacht hat?" Tja, dann war Schluss mit Spaß. Später hatte sich der Geschäftsführer bei mir auch entschuldigt und gemeint, dass man die Gedanken anderer Menschen nicht kontrollieren kann. Jeder darf denken, was er will. Und wo der Mann recht hat, hat er Recht. Es ist traurig, was vorgefallen ist. Falls es nochmal vorkäme, soll ich ruhig zu ihm kommen.

Dann gab es noch diesen Vorfall, wo ich aus dem Supermarkt kam und mich eine alte deutsche Frau anschrie: „Ja, Deutschland ist euer Geldautomat. Kommt nur alle hierher, ja, macht nur ruhig weiter so."

Einmal war ich an der Tankstelle, um zu tanken. Da kam ein Mann zu mir, offensichtlich auch ein Kunde und fragte mich: „Ist das Auto bezahlt?" Ich fragte ihn: „Sieht es nach einem geklauten Auto aus?" Er fragte: „Haben Sie es bezahlt?" Und ich: „Sehe ich aus wie eine Diebin?". Da hat er sich umgedreht und ist gegangen. ☺

Für mich war die folgende Geschichte die schrecklichste Situation, die mir in Gera passiert ist. Da ich über das Wochenende oft weggefahren bin und erst Sonntagabend bzw. -nacht zurückkam, nahm ich meistens ein Taxi vom Hauptbahnhof in Gera nach Hause. Dieses Mal habe ich wie üblich eine Stunde vor meiner Ankunft das Unternehmen angerufen und ein Taxi bestellt. Alles geklärt, das Taxi wird auf mich warten. Ich komme an, der Taxifahrer sieht mich, kurbelt schnell sein Fernster hoch und signalisiert mit dem Kopf, dass er mich nicht fahren will. Es ist fast Mitternacht, es ist dunkel, ich stehe als Schwarz-Afrikanerin allein am Bahnhof und frage mich, was ich jetzt machen soll. Normalerweise sind das nur 20 Minuten zu Fuß von dem

Bahnhof bis zu meinem Haus. Aber das mache ich doch nicht bei voller Dunkelheit. Was, wenn ich angegriffen werde? Da fangen die Gedanken an, ganz schnell zu kreisen. Soll ich die Polizei anrufen? Und was dann? Sie sind ja nicht meine Chauffeure. Aber ich wiederhole, ich bin ein gesegneter Mensch. Zum Glück hat ein anderer Taxifahrer von einem anderen Unternehmen die Szene beobachtet. Er ist dann zu uns gekommen und hat seinen Kollegen gefragt, was das soll. Wieso fährt er mich nicht, wenn ich doch telefonisch das Taxi reserviert habe. Er hat einfach gesagt, er will das nicht. Der andere Fahrer hat mich dann gefahren. Er hat sich für das Verhalten des anderen entschuldigt und gemeint: „So ein Verhalten muss man nicht verstehen." Ich gebe ihm Recht. Zuhause angekommen, habe ich die Zentrale dieses Unternehmens angerufen und die Geschichte geschildert. Der Mann war erstaunt.

Er hat gesagt, ich dürfe zu dem Unternehmen kommen und bei der Geschäftsführung eine Anklage mache. Ich habe ihm gesagt: „Das werde ich nicht machen. Es geht mir nur darum, dass Sie wissen, was bei Ihnen so läuft." Was soll ich mich da beklagen? Es wird nichts bewirken. Es wird sicherlich nicht das letzte Mal sein, dass ich in so eine Situation geraten werde. Und falls der Fahrer wegen mir seinen Job verlieren würde, was für schlimmere Sachen könnten dann noch auf mich zukommen? Nee, das brauche ich nicht. Ich war froh, dass ich gut zuhause angekommen bin.

Das alles hat dazu geführt, dass ich mich in Gera außer auf der Arbeit oder beim Sport leider nicht wirklich sicher oder gar geborgen gefühlt habe. Ich lief fast immer schnell und mit dem Blick nach unten. Ich habe mich nicht zu Veranstaltungen getraut, wo viele Menschen waren, wenn ich nicht zumindest mit einem weißen Menschen zusammen war. Zum Glück kannte ich auch welche. Wenn ich mit vielen Menschen aus dem Bus stieg, ließ ich sie vorlaufen, damit sie nicht sehen konnten, wo ich wohne. Ich muss aber zugeben, dass dieses Gefühl, diese latente Angst, mit der Zeit abgeklungen ist.

Diese Angst hatte ich bereits mit meinen Vorurteilen mit nach Gera gebracht, als ich in den Osten gezogen bin. Ich meine, schon in Kamerun wird einem davon abgeraten, in den Osten zu gehen. Und in einer gewissen Weise ist diese Angst ja auch berechtigt, denn die, die diese Geschichte erzählen, haben ja mal was hier erlebt, was sie zu der einen oder der anderen Meinung geführt hat.

Für meinen Teil kann ich sagen, dass für mich als Schwarz-Afrikanerin, schon ein Unterschied zu dem Leben im Westen zu spüren war. Jedoch ist die Realität in Gera eher halb so schlimm wie die Erzählungen. Vor allem habe ich gemerkt, dass man manchmal zuerst mit Abstand behandelt wird, und dann merken die Menschen „Ah! Sie redet Deutsch", „Ah! Sie hat studiert", „Ah! Sie scheint integriert zu sein." Und dann verhalten sich die Leute einem gegenüber „normal".

Ich war einmal bei einer Masseurin und wir sind während meiner Behandlung ins Gespräch gekommen bzw. eigentlich hat sie durchgehend geredet, was ich ein bisschen nervig fand. Denn bei einer Massage möchte man sich ja letztendlich entspannen. Naja, ich wollte nicht unhöflich sein und habe etwas mitgeplaudert. Sie war beeindruckt, dass ich Physik studiert habe und meinte, ich sei nicht wie die anderen Flüchtlinge, die nur in der Stadt rumhängen und von Deutschland profitieren wollen. Ich weiß nicht, was ich da sagen soll. Ich kann natürlich nicht für jeden Flüchtling sprechen, aber ich denke, Leute fliehen in erster Linie, um ein besseres Leben zu haben. Man flieht vor Krieg, vor einer miserablen politischen oder wirtschaftlichen Situation, oder weil man sich irgendwo bedroht fühlt. Ich kann mir nicht vorstellen, dass die Leute gerne so „rumhängen". Bestimmt würden sie gerne etwas arbeiten, haben aber vielleicht noch nicht die Unterlagen oder Papiere dafür. Ich war selbst in Heilbronn später in einer Situation, wo ich drei Wochen auf meine Arbeitserlaubnis gewartet habe. Ich konnte also nicht arbeiten und bin fast durchgedreht. Zwischen den sinnlosen Spaziergängen in der Stadt, essen und Netflix, bin ich vor Langeweile fast gestorben. Jemand, der mich nicht kennt und mich vielleicht oft in der Stadt in dieser Periode gesehen hat, würde auch denken: „Hmm, nur am Rumhängen hier..." Das Aussehen kann täuschen.

Eine weitere neue Sache, die ich im Osten kennen lernte, ist die FKK (Freikörperkultur). Aye Aye Aye! Ich war mit meinem Kumpel Armin einmal in einem Swimming pool, als irgendwann plötzlich alte nackte Menschen reinkamen! Armin und ich waren wie gelähmt. Wir haben uns angeguckt und ich wette, in unseren Ausländer-Köpfen kamen dieselben Fragen: Sollen wir rausgehen? Sollen wir „integriert" tun und uns auch nackt machen? Sollen wir mit ihnen reden?

Am Ende haben wir uns mit einem Blick dafür entschieden, dass wir einfach weiter ruhig in unserer Ecke schwimmen und uns leise raus schleichen werden. Denn am Ende war das ja für uns unangenehm. Wir wurden ein bisschen komisch angeguckt, weil wir Schwimmsachen anhatten. *Ah! Ca c'est le monde à l' envers- Das ist die verdrehte Welt!* wenn an einem öffentlichen Ort, nackte Menschen angezogene Menschen komisch angucken.

Langsam ging mein zweijähriger Arbeitsvertrag in Gera zu Ende - schmerzhaft war die Trennung von meinen Kollegen. Ich fing also wieder an, Bewerbungen zu schicken, und bekam eine Zusage in einer anderen Stadt.

In dieser Stadt habe ich mich am Anfang sehr wohl gefühlt. Dann begann eine ganze Reihe von Schwierigkeiten, die mit einem schmerzhaften Ende einhergingen.

Dort angekommen, musste ich zunächst auf meine Arbeitserlaubnis warten. Somit habe ich meine Arbeit mit drei Wochen Verspätung angefangen. Während der gesamten Zeit bekam ich nur Fiktionsbescheinigungen. Auf meine Frage, warum ich keine normale Aufenthaltserlaubnis bekomme, wurde mir gesagt, dass sie meine Ausländerakte von der Ausländerbehörde Gera trotz mehrerer Anforderungen bisher nicht bekommen haben!

Das war die eine Sache. Privat lief ebenfalls nicht alles glatt und noch dazu klappte das Berufliche nicht.

Sechs Monate dauerte diese Station meines Lebens und am Ende musste ich wieder einpacken und schauen, wohin mich das Leben als nächstes führen würde.

Ich musste danach erstmal beruflich schnell wieder auf stabile Füße kommen. Durch das Weinen während vieler Nächte, die kleine Depression, das Gefühl der Aussichtlosigkeit, die Stunden Trost spendender Telefonate mit meinen Bekannten, konnte ich mich erst schwer auf die Arbeitssuche konzentrieren. Aber das war längst nicht der schlimmste Teil der Geschichte. Am belastendsten für mich empfand ich die Scham, die mich erfüllte. Das Gefühl, versagt zu haben. Das Gefühl unterschätzt zu werden. Mein Selbstbewusstsein hat sehr gelitten. Ich habe diesen Misserfolg nicht leicht verdauen können. Diese Scham, die ich in mir trug, führte dazu, dass ich am Anfang gar nicht mit anderen darüber geredet habe. Ich wollte nicht, dass meine Bekannten erfahren, dass ich meine Stelle nicht mehr habe, obwohl in auf gewisse Weise natürlich erleichtert war, dass es ein Ende hatte, denn ich fühlte mich nicht glücklich mit dieser Stelle.

Irgendwann habe ich mich zusammengerissen und mich bei der Agentur für Arbeit arbeitssuchend gemeldet. Parallel dazu habe ich mich wieder in Gera beworben.

Nun wurde ich in Gera wiedereingestellt. Es fing nun wieder der Ausländerbehörden-Kram an.

Ich ging zur Ausländerbehörde, um meine Arbeitserlaubnis neu zu beantragen. Dort wurde mir gesagt, sie müssten erst meine Akte von meiner letzten Stadt zurück fordern! Ich war BAFF. Na ja, sobald sie diese erhalten hatten, bekam ich tatsächlich eine Arbeitserlaubnis.

Tja, ich bin wohl diese Schwarzafrikanerin, die den Osten für kurze Zeit verlässt und im Nullkommanichts wieder zurückkehrt ☺.

Mein Leben in Gera – muss ich ehrlich sagen - fällt mir jetzt schon wesentlich leichter als während des ersten Mals. Die Angst, die ich früher gespürt habe, ist deutlich weniger geworden. In manchen Situationen fühle ich mich immer noch unwohl - aber was soll's?

Gera, das ist jetzt auch meine Stadt.

# Danksagung

In diesem Buch möchte ich mich bei allen Menschen, die mich in irgendeiner Weise im Leben beeinflusst haben, bedanken. Alle, die dazu beigetragen haben, dass ich bin, wer ich bin. Ich sage danke an die Menschen, denen ich begegnet bin, sowohl für die schlechten als auch für die guten Erfahrungen, denn selbst „schlechte" Erfahrungen können sich als gut oder mindestens lehrreich entpuppen. Ich werde hier nicht alle Namen nennen können, aber jeder Mensch, den ich je begegnet bin, soll sich hiermit angesprochen fühlen. Ich möchte mich bei meinen Eltern für ihre Liebe bedanken, bei meiner Familie, meinen Geschwistern, meinen Tanten und Onkeln. Bei Carmen, meine erste Tochter. Bei meinem lieben Freund. Bei meinen Erziehern, Lehrern, Dozenten, Schulfreunden, Gymnasiumfreunden, Unifreunden und Arbeitskollegen. Bei meinen Mitbewohnern in meinen verschiedenen WGs. Bei allen meinen großen Brüdern, bei meinem Masterbetreuer. Bei den Familien Specht und Fischer, beim Herrn Herbert Eckstein (möge er in Frieden ruhen). Bei den Freunden meines Vaters, die immer für mich da sind. Bei der KHG, bei den Menschen, die ich bei meinen ehrenamtlichen Tätigkeiten, Nebenjobs, beim Spieltreffen kennen gelernt habe. Bei MephiDa etc. Und wenn ich doch einen Namen nennen soll, dann Imme Ellebrecht, meine liebvolle Lektorin und ehemalige Studienkollegin.

*Danke!*